DE L'OMBRE, IL SURGIRA

ALAINA URQUHART

DE L'OMBRE, IL SURGIRA

Traduit de l'anglais (États-Unis)
par Séverine Quelet

fleuvenoir

Titre original :
The Butcher and The Wren

Ce livre est une œuvre de fiction.
Toute ressemblance avec des personnes, vivantes ou mortes,
ou des faits réels n'est que pure coïncidence
et non une volonté de l'autrice.

ISBN : 978-2-265-15695-1

Dépôt légal : janvier 2024

À maman et papa, qui ne sont pas obligés de lire ce livre.
Soyez certains que vous ne m'avez pas inspiré cette histoire
(vous imaginez ?), mais vous m'avez donné l'envie d'écrire.
Vous avez eu une fille un peu bizarre
et vous avez quand même su comment l'élever.
Je suis à jamais admirative.

À John, qui m'a insufflé la confiance nécessaire pour créer.
Je t'aime plus, chaque année passée ensemble.
N'arrête jamais de chanter des ballades RnB des années 1990
au moment le plus inopportun.

À mes trois merveilleux bébés qui écrivent de meilleures histoires
et ont de plus beaux cheveux que moi.
Ce livre n'est pas de votre âge. Refermez-le tout de suite !

PREMIÈRE PARTIE

1

Jeremy entend les hurlements à travers les grilles de ventilation. Il ne réagit pas. Sa routine du soir est essentielle. Grâce à ces tâches quotidiennes banales qu'il exécute consciencieusement, il se sent davantage lui-même. Le simple couinement du vieux robinet au-dessus de son meuble de salle de bains où tout est à sa place lui permet de se recentrer et de s'ancrer dans la réalité. Après sa douche, il se rase avec soin. Il aime se glisser dans le lit le corps et l'esprit propres. Il veille à accomplir ces préparatifs chaque soir, quelles que soient les perturbations extérieures.

Là, un cri retentissant l'arrache à son rituel. Il fixe le miroir, sent la rage s'emparer de ses sens. Elle s'insinue et monte en lui, se répand comme de la pourriture grise. Il n'arrive plus à réfléchir avec ces vociférations presque régulières qui montent du sous-sol. D'aussi loin qu'il se souvienne, il a toujours détesté le vacarme. Enfant, il avait l'impression que les murs se resserraient sur lui comme un étau chaque fois qu'il se trouvait au milieu d'une foule trop bruyante. Aujourd'hui, les seuls sons qu'il affectionne sont ceux du bayou. La symphonie de ses créatures l'apaise et le rassure comme une couverture bien chaude. La nature produit toujours une meilleure bande originale.

Il tente au mieux de refouler le tapage. Sa routine est sacrée. Avec un soupir, il écarte de son front une mèche de cheveux blonds qu'il remet en place avant d'allumer la radio près du lavabo. La seule autre occasion où il trouve du réconfort hors du silence, c'est quand il écoute de la musique. Tandis qu'il se prépare pour se coucher, *Hotline Bling* de Drake jaillit des enceintes ; il éteint aussitôt. Parfois, il a le sentiment de ne pas être né à la bonne époque.

Avec un soin méticuleux, il nettoie le sang et la crasse sur ses mains et essaie de ne pas se préoccuper des gémissements déchirants qui s'échappent des conduits d'aération. Il scrute son visage dans le miroir. Ses pommettes lui paraissent légèrement plus hautes et plus saillantes chaque année. Un effet de l'âge sur lui dont il se réjouit. Nombreux sont ceux qui admirent une belle morphologie crânienne. La plupart ne comprennent même pas le caractère primitif et dangereux d'une telle fascination. Ils ne s'autorisent pas à entrevoir, encore moins à accepter, le côté sauvage de l'esprit humain qui s'est dessiné il y a des millions d'années selon l'instinct de survie souvent brutal de leurs ancêtres. Ces traits sont ceux que la nature a jugé utile de concevoir. Les gens sont tout simplement trop bêtes pour comprendre que leurs goûts personnels évoquent un patrimoine héréditaire enraciné dans la violence.

Il ne ressemble pas à un homme baignant dans la dépravation. Il paraît inoffensif, et peut même parfois sembler carrément innocent. C'est la raison pour laquelle tout fonctionne si bien. Il existe une plante appelée *Amorphophallus titanum* que l'on nomme familièrement « fleur cadavre ». D'une taille impressionnante, d'une grande beauté, rien dans son apparence ne laisse deviner sa nocivité. Pourtant, lorsqu'elle s'épanouit, environ tous les dix ans, elle dégage une odeur qui rappelle la chair en décomposition. Malgré tout, elle survit. Elle se développe. Il n'est pas si différent de cette fleur cadavre. Les gens se pressent pour admirer cette plante qui séduit malgré son petit travers.

Demain, c'est jeudi. Les jeudis sont un peu ses vendredis, mais il déteste entendre ce genre de banalités sur la perspective joyeuse du week-end. Quoi qu'il en soit, il profite du luxe d'avoir ses vendredis de libres depuis qu'il a entamé sa deuxième année de médecine à l'université Tulane. Même s'il a des cours, les vendredis marquent le début de son week-end. C'est là qu'il abat le plus de travail. Il est d'autant plus excité qu'il a de grands projets pour ses invités du moment. Bien sûr, pour les concrétiser pleinement, il faudra qu'il puisse ajouter un autre membre à leur groupe.

Emily va les rejoindre. Des semaines durant, après lui avoir proposé de devenir sa partenaire de labo en biologie, il l'a observée. Il a maintenant la certitude qu'elle apportera le niveau de défi qu'il recherche. Emily court plusieurs fois par semaine et se nourrit plutôt sainement ; elle est en forme et ne manque pas d'énergie. Elle partage avec deux autres filles une grande et vieille bâtisse à Ponchatoula, en dehors du campus. À part sa bonne volonté à trop en dévoiler sur elle-même à son binôme de labo, elle est compétente, autonome et intelligente ; des atouts qui lui seront utiles pour la partie qu'il prévoit. Si ses coéquipiers apporteront aussi leur contribution, il se doute qu'après leur séjour prolongé chez lui, ils ne seront pas dans les meilleures dispositions pour participer à l'intégralité du week-end d'activités qu'il leur a concocté.

Ses deux locataires ont été un peu malmenés depuis leur arrivée samedi dernier. Il les a abordés sur une impulsion dans un bar. D'ordinaire, il apprend à connaître ses convives potentiels, comme Emily. Mais ces deux-là lui ont été servis sans qu'il passe commande. Un peu comme si l'univers lui demandait de sortir les poubelles. Il ne s'est pas fait prier.

Katie et Matt sont d'une banalité affligeante. Ils n'ont absolument aucune personnalité, et ils se sont montrés bien trop pressés de suivre un individu à la structure osseuse agréable sur la seule promesse de sniffer de la bonne came chez lui. Katie et Matt savent maintenant quel choix malheureux ils ont fait. Un nouveau gémissement angoissé lui parvient. Il perd patience.

Il abandonne ses rituels du soir et file au sous-sol où séjournent ses invités. Dès qu'il arrive, les plaintes étouffées de Katie se muent en glapissements effrayés ; son corps menu se contracte à mesure qu'il approche d'elle.

— Il va falloir que tu finisses par comprendre que tu n'es pas chez toi ici. Un peu de respect ! gronde-t-il en plongeant dans son regard d'un brun terne.

Elle est tellement quelconque ! Ses cheveux châtains sont fins et sans volume. Pour l'heure, ils sont collés à son cou par le sang séché. Malgré ses efforts pour s'en cacher, elle a une allure de pauvre fille. Son seul atout charmant pourrait être ses dents de petites souris, mais sa bêtise efface tout. Lorsqu'il l'a accostée au bar, elle était en train de régaler Matt d'une anecdote sur ses jours glorieux de pom-pom girl, à l'époque du lycée – une fable pitoyable difficile à croire avec son physique actuel.

Il resserre les liens qui la maintiennent à la chaise et vérifie son intraveineuse. Pas de nœud sur le tube, et la poche de sérum physiologique est encore pleine.

— Matt se montre beaucoup plus civilisé. Tu devrais suivre son exemple, Katie.

Avec un sourire, il montre le jeune homme immobile, affalé sur le siège voisin.

Ils savent tous les deux qu'il s'est évanoui, sans doute sous le choc, lors de la dernière visite de Jeremy. Katie sanglote de plus en plus fort. Il lève les yeux au ciel. Elle met ses bonnes manières à rude épreuve ; son désespoir le dégoûte. Debout à côté d'elle, dans la pénombre, il attend quelques secondes avant d'appuyer sur la touche lecture de l'enceinte portative posée entre leurs deux chaises. *A Girl Like You* d'Edwyn Collins emplit la pièce. Voilà. Enfin de la bonne musique.

— Ah, c'est mieux.

Il se balance en rythme et offre à Katie l'occasion de se ressaisir.

À la fin du premier refrain, elle se remet à gémir. Ni une ni deux, il s'empare des pinces posées derrière elle et, d'un geste preste, arrache l'ongle verni de rose de son pouce gauche. Elle hurle. Il tire à lui son visage tordu de douleur.

— Si tu émets encore un son, je t'arrache les dents. Compris ?

Elle parvient tout juste à acquiescer. Il jette les pinces dans un coin et, après lui avoir décoché un clin d'œil, remonte l'escalier.

Enfant, on ne lui a pas fait de cadeau. Il n'a pas eu droit à beaucoup de bonté. Il n'a pas eu droit à grand-chose, d'ailleurs. Son père était un homme dur, mais juste, qui exigeait au sein de son foyer une certaine soumission de la part de son épouse et de son fils. Dans ses bons moments, il enseignait à Jeremy des leçons de vie et des compétences essentielles. Mécanicien dans l'aéronautique, il était chargé de l'entretien de pièces d'équipement de l'industrie aérospatiale. Bien que cet emploi n'exige pas un niveau d'éducation spécifique, Jeremy était fier que son père travaille dans les avions et il était toujours désireux d'en apprendre davantage sur l'une des inventions humaines les plus importantes de l'histoire. Mais s'il le prenait dans un mauvais moment, il était accueilli par l'humiliation cuisante et la cruauté.

Malgré le caractère versatile de son père, Jeremy attendait avec impatience son retour à la maison chaque soir. Ils ne faisaient pas grand-chose ensemble, mais c'était justement ce que Jeremy appréciait. Regarder la télévision avec son père dans un silence confortable avant d'aller au lit lui plaisait. Surtout après avoir passé la journée avec sa mère, rythmée en général par de longues périodes de négligence entrecoupées de quelques moments d'attention trop appuyée, comme si elle ne savait pas réguler son affection. Elle en faisait soit trop soit pas assez.

Pour échapper aux humeurs capricieuses de ses parents, Jeremy trouvait refuge dans les livres ; ils l'aidaient à se concentrer. À six ans, il n'était pas encore scolarisé. Aussi peu concernée fût-elle, sa mère l'emmenait tous les deux jours à la bibliothèque de Saint Charles Avenue. Ils s'y rendaient en semaine, quand son père était au travail. À l'époque, Jeremy ne comprenait pas qu'elle traînait son fils unique à la bibliothèque dans le seul but d'entretenir sa liaison avec l'un des employés. Il a cependant vite saisi la notion de duperie grâce à ces sorties. Il a appris très tôt à ne pas répéter à son père que sa mère le laissait errer seul dans les allées pendant qu'elle s'isolait dans une arrière-salle avec M. Carraway. Plus important encore, il a appris à voler. Il rapportait chez lui des livres qu'il dissimulait sous son manteau ou dans son sac à dos, ne pouvant jamais compter sur sa mère pour les lui emprunter. Jeremy est convaincu aujourd'hui que les employés fermaient sciemment les yeux, par pitié pour lui, mais à l'époque, il avait l'impression d'être un braqueur de haut vol.

De temps en temps, Mlle Knox, l'une des bibliothécaires, cherchait à discuter avec lui. Un jour, elle a même osé lui demander sans détour si tout se passait bien à la maison. L'inquiétude faisait trembler sa voix. Il n'a pas répondu, il s'est contenté de lui demander où trouver un livre sur la lobotomie. Il avait récemment découvert cette procédure médicale archaïque et son praticien le plus fervent, le Dr Walter Freeman. Au cours du week-end, son père avait regardé à la télévision la rediffusion d'un épisode de *Frontline*, l'émission de reportages d'investigation, intitulé « Esprits brisés ». C'était une immersion assez brutale dans le système de la santé mentale. Le reportage mettait en avant une méthode de lobotomisation sur des patients souffrant de nombreux troubles, notamment de schizophrénie, qui consistait à sectionner un ou plusieurs circuits neuronaux qu'on croyait responsables des désordres comportementaux du malade.

Jeremy avait été fasciné par la lobotomie préfrontale que pratiquait le Dr Freeman. Le surnom de « lobotomie au pic à glace » était terriblement provocateur. Il faisait surgir en lui des images d'un chirurgien à l'allure impeccable, animé du désir d'explorer les esprits dérangés. Plus tard, en 1992, lorsqu'il a entendu cette expression négligemment balancée au journal télévisé pour évoquer la méthode que le tueur en série Jeffrey Dahmer utilisait pour soumettre ses victimes, il en a été écœuré. Dahmer était si stupide qu'il croyait pouvoir créer des zombies en injectant dans le cerveau de ses victimes de l'acide et des produits d'entretien. Il était d'une bêtise crasse. Appeler « lobotomie » ses actes médiocres revenait à considérer que Ted Bundy « sortait » avec ses victimes. Le Dr Freeman avait dû se retourner dans sa tombe.

Jeremy était un enfant assoiffé de connaissances. Parce qu'il n'était pas assez stimulé intellectuellement, il assouvissait lui-même sa faim par l'expérimentation. Le conseil que son père lui a donné à un jeune âge reste aujourd'hui encore gravé dans sa mémoire.

« Pour savoir comment une chose fonctionne, fiston, il faut l'ouvrir. »

2

L'air de Louisiane est lourd et épais, étouffant même au cœur de la nuit. La médecin légiste Wren Muller cille pour chasser le sommeil puis descend de voiture et s'enfonce dans la chaleur nocturne. Elle consulte sa montre et se crispe : elle apprécierait beaucoup que les criminels évitent pendant un mois ou deux d'accomplir leurs abominations à des heures aussi indues.

Elle foule une végétation dense et détrempée, se retient aux racines aériennes d'un cyprès chauve pour ne pas tomber. Les sillons du tronc semblent vouloir l'avaler, comme les mains décharnées d'une ancienne créature folklorique du bayou. Elle s'arrête, attend que ses yeux s'habituent à la brusque lumière artificielle devant elle. Les lampes de trois officiers de police sont braquées au sol, sur les berges. Leur faisceau lumineux transperce l'obscurité et plonge dans des noirs plus profonds encore tout ce qui se trouve autour. Elle se réjouit de ce contraste. Il lui permet de se focaliser sur la scène.

Une femme à moitié nue gît sur le dos. Son corps est avachi dans les herbes hautes qui bordent le marais, la tête et les épaules immergées dans l'eau sombre et boueuse.

Elle est grande, de corpulence moyenne. Derrière Wren, ses deux assistants arrivent avec une civière. Même à eux trois, l'arracher à ce marécage de mauvais augure ne va pas être une mince affaire.

À peine deux semaines plus tôt, le cadavre en décomposition d'une autre jeune femme a été découvert derrière le *Twelve Mile Limit*, un bar réputé du centre de La Nouvelle-Orléans. Face contre terre, la tête dans une flaque, le corps dégageait l'odeur nauséabonde des marécages. Le parallèle n'échappe pas à Wren. Néanmoins, parce qu'elle accueille toujours un nouveau cadavre sans préjugé ni attente, elle tempère le signal d'alarme qui retentit dans sa tête. Ce qui ne l'empêche pas, lorsqu'elle examine les alentours, de songer qu'il faudra chercher si le tueur leur a laissé un indice. Lors de l'examen de la victime du bar, ils ont découvert les pages d'un livre au fond de sa gorge. Elles étaient roulées en boule, trempées et presque illisibles, mais l'une d'elles, en meilleur état, a révélé un « Chapitre 7 ».

Wren s'approche lentement. La femme ne porte qu'un short crasseux en jean découpé et un soutien-gorge bleu. Une profonde entaille horizontale lui barre l'estomac. Elle a été éventrée avec un outil rudimentaire. Malgré elle, Wren songe que le chant des grillons devait être assourdissant. Il l'est en tout cas à cet instant, alors que son équipe éreintée tente de déterminer le moment où cette inconnue a rendu son dernier souffle. Son assassin y a-t-il réfléchi lorsqu'il a traîné son corps sans vie jusqu'ici pour l'y laisser pourrir ? Wren est fascinée par les esprits dépravés. Mais les ultimes pensées des morts la captivent encore plus.

Elle reporte son attention sur le cadavre et remarque le bracelet tressé autour du poignet gauche. À l'origine, il devait être d'un blanc immaculé, à présent sa couleur montre tout ce qu'il a traversé. Wren imagine cette femme au moment de s'offrir cet accessoire anodin : elle le prend sur un présentoir en tête de gondole et l'examine avant de se décider. Un achat impulsif à jamais immortalisé.

Wren est auprès du corps maintenant. Avec l'aide de ses collègues, elle le tire hors de l'eau, sur la berge pentue. La lividité cadavérique marque abondamment le visage de l'inconnue. Le sang coagulé qui a cessé de circuler à l'arrêt de son cœur s'y est accumulé sous l'effet de la gravité, et des taches sont apparues sur son front et sur ses joues. Malgré la faible lumière, Wren discerne la couleur pourpre de sa peau ; elle indique que le décès de la victime remonte à une dizaine d'heures. En général, le processus de lividité démarre à peine une demi-heure après la mort, mais on ne voit apparaître la coloration violacée de l'épiderme que deux ou trois heures après. Au bout de six, la teinte de la peau fonce encore et même l'œil inexpérimenté peut la discerner. Douze heures après la mort, elle est à son paroxysme.

Lorsqu'elle étudie le visage de la femme, figé en une expression de terreur irréversible, Wren remarque les importantes contusions sur son cou. Les marques évidentes d'une strangulation. Elle devra procéder à un examen plus poussé de retour à la morgue. Elle enfile des gants en latex violets et fait courir son doigt au-dessus des stries qui barrent la gorge de la femme.

Ensuite, elle tapote ses poches avec précaution, se méfiant des objets tranchants ou rebondis qui pourraient s'y trouver. Une précaution dont elle s'est félicitée une fois où elle a senti une seringue et qu'elle a pu s'éviter une visite à l'hôpital. Comme elle ne repère aucun danger potentiel, elle y plonge la main et procède à la fouille. Rien. Aucun papier d'identité.

— On a trouvé quelque chose près d'elle ? Un portefeuille, peut-être ? demande Wren qui connaît déjà la réponse.

Elle interroge du regard les policiers qui braquent leurs torches électriques sur elle. Tous trois répondent par la négative en secouant la tête.

Le plus jeune, sur la droite, déplace avec désinvolture le faisceau de sa lampe autour du corps.

— Nous voyons la même chose que vous. Pas de portefeuille, pas de carte d'identité, pas d'arme en vue.

Wren n'apprécie pas son attitude, mais elle acquiesce et s'empare du bras de l'inconnue qu'elle manipule avec délicatesse. À l'arrière de son biceps, elle a un tatouage, ancien et passé. On dirait deux mains en position de prière, un chapelet entre les doigts. Sans le quitter des yeux, Wren ordonne :

— Passez-moi l'appareil photo.

L'un de ses assistants, une nouvelle recrue, se précipite et manque de laisser échapper l'appareil en le lui donnant. Wren effectue quelques clichés du tatouage puis elle reprend son examen.

— Nous obtiendrons de meilleures images dans la salle d'autopsie, mais il n'est jamais inutile d'assurer ses arrières et de prendre des photos sur place. On ne sait pas ce qu'il peut arriver pendant le transfert. Sans pièce d'identité, tous les signes distinctifs sont utiles pour l'identification. Sinon, la pauvre risque de séjourner à la morgue plusieurs mois, explique-t-elle en rendant l'appareil au petit nouveau.

Wren fait craquer ses doigts. C'est une très mauvaise habitude, dont elle a conscience, mais qui la soulage. Elle poursuit :

— Alors, dites-moi, à quoi peut-on déterminer l'heure de la mort ?

Wren lève les yeux vers ses deux apprentis légistes. Le sang a déserté leur visage.

Le premier se met à réciter tant bien que mal.

— Il y a la lividité cadavérique…

Il se penche en avant et désigne les rougeurs du visage. Wren esquisse un sourire en coin et hoche la tête.

— Oui, c'est évident. Y a-t-il un moyen un peu moins manifeste ?

Elle sait qu'il est intelligent. Il n'est pas encore assez dégourdi, mais il est organisé. La rapidité viendra avec l'expérience. D'ici peu, il ne réfléchira même plus avant d'agir sur une scène de crime ou à la morgue.

Pour l'heure, il passe avec nervosité une main dans ses cheveux bruns.

— La température rectale ? propose-t-il avec hésitation.

Wren le félicite en levant un pouce avant de secouer la tête avec une grimace.

— Vous êtes perspicace. Dans un environnement à la température contrôlée, c'est une excellente méthode. Malheureusement, nous ne pouvons pas compter sur un agréable et constant 28 °C durant tout le temps où cette femme est restée ici.

Puis, avec un geste en direction du brancard, elle ajoute :

— Ouvrez le sac mortuaire pour qu'on l'emmène.

Tandis que les adjoints déplient le sac de plastique blanc, elle continue :

— Vous aviez raison pour la lividité cadavérique. Elle est fixée à son paroxysme, ce qui signifie que le palier des douze heures a probablement été atteint. Prenez son bras.

Ses deux employés s'avancent, Wren les invite à s'emparer chacun d'un bras de l'inconnue.

— Essayez de les manipuler, dit-elle en les regardant tenter, en vain, de les bouger dans un sens ou dans un autre.

— C'est tout raide, remarque l'un d'eux.

Wren remonte ses gants sur ses poignets.

— En effet. La rigidité cadavérique s'est installée. Qu'est-ce que ça signifie ?

Les policiers ont visiblement marre de cette leçon de médecine légale. Ils soupirent avec ostentation et lèvent les yeux au ciel ; comme s'ils avaient mieux à faire au beau milieu de la nuit. Leurs effusions d'impatience n'ébranlent pas Wren. Puisqu'elle doit se trouver dans un marécage avec un cadavre à 3 heures du matin, autant qu'elle en profite pour parfaire l'enseignement de ses nouvelles recrues.

L'assistant à côté d'elle se redresse et lisse son pantalon.

— Ça confirme le palier des douze heures. Elle pourrait même être morte depuis beaucoup plus longtemps, jusqu'à trente heures avec une telle rigidité.

Bingo ! L'assurance qu'il développe est prometteuse. Avec sa nombreuse clientèle, Wren a besoin de toute l'aide compétente qu'elle peut trouver.

— Très bien ! Et regardez ce que nous avons là.

Elle indique la nuée de mouches que chacun tente d'éloigner de son visage.

— Je sais que les insectes ne manquent pas ici, mais ces petites bêtes en particulier sont des mouches bleues. Ce sont les premières à arriver sur un cadavre ; elles y pondent des œufs. Ils n'ont pas encore éclos – on ne note aucune présence d'asticots – mais à ce stade, les mouches ont déjà dû pondre. Tout cela nous confirme l'estimation de la plage horaire. Il se pourrait que le tueur ait agi en pleine journée. Un sale type qui ne manque pas de culot.

Si les petits nouveaux jouent les étudiants captivés, Wren comprend, à leur façon de se balancer d'une jambe sur l'autre pour rester éveillés, qu'elle a perdu leur attention. Plus loin, près des arbres, un jeune policier dont la lampe est braquée sur le sol s'exclame :

— Hé ! J'ai trouvé des vêtements !

Wren ne peut s'empêcher de commenter avec sarcasme :

— Et dire que vous étiez prêts à quitter les lieux.

L'officier désinvolte lui décoche un regard indigné avant de rejoindre son collègue. Wren demande à ses assistants de rester avec le corps, puis lui emboîte le pas. Le faisceau lumineux révèle, nichés sous un buisson, un tee-shirt de couleur jaune, sale, plié soigneusement, et une paire de tongs posée dessus. Une fois leur découverte consignée par une photo, l'un des policiers ramasse le tout et le glisse dans un sac de scellés. Au moment où il attrape le tee-shirt, quelque chose en tombe.

— C'est un livre ? s'étonne Wren en s'accroupissant avant d'allumer sa propre torche.

Elle éclaire un livre de poche intitulé *Les Goules*. En l'examinant de plus près, elle apprend qu'il s'agit d'un recueil de nouvelles d'horreur. Dans son dos, quelqu'un prend une autre photo. Wren ramasse l'ouvrage et se lève. Elle le retourne puis le montre aux officiers.

— Vous connaissez ?

Tous secouent la tête en signe de négation. L'un d'eux tend une main gantée pour s'en emparer.

— Vous pensez que c'est celui de la victime ? demande-t-il en le feuilletant d'un air absent.

— Nous verrons bien, rétorque Wren.

Elle le regarde ranger leur trouvaille dans un sac pour analyses puis, sans un mot, elle s'enfonce dans le sol humide et mou, produisant un bruit spongieux, pour rejoindre ses collègues. Elle les aide à mettre l'inconnue dans le sac puis sur la civière. Sous une autre lumière, les lividités cadavériques paraissent d'une teinte plus vive de rose, note Wren avant de retirer ses gants. Elle se dirige d'un pas prudent vers le fourgon en tête de ses deux employés qui portent la civière, et les attend portières ouvertes pendant qu'ils foulent ce terrain difficile. À l'idée d'un autre cadavre non identifié à la morgue, elle frissonne.

— À qui vas-tu manquer, ce soir ? demande-t-elle tout bas à l'inconnue quand la civière arrive à sa hauteur.

Un des policiers non loin ricane en l'entendant.

— Un macchabée vous a déjà répondu ?

Wren le fusille du regard puis referme la portière arrière du fourgon dans un claquement sonore avant de gagner le côté conducteur.

— Vous seriez surpris de tous les secrets que les morts m'ont révélés.

3

Les matinées sont agréables. Jeremy apprécie une tasse de café fort et il veille toujours à prendre un solide petit déjeuner. Le reste de la journée est souvent diffus et imprévisible ; il consacre ses pauses de midi à ses recherches, si bien qu'il n'a pas toujours le temps de faire un repas complet. Il reporte son attention sur le petit poste de télévision installé sur le comptoir de la cuisine. Le journal mentionne pour la deuxième semaine consécutive l'évasion de deux prisonniers du centre pénitentiaire de Dannemora, dans l'État de New York. Même en Louisiane, le public est fasciné par cette histoire d'une employée carcérale amoureuse qui aide deux meurtriers condamnés à s'échapper ; c'est un peu une version téléréalité des *Évadés*.

Il suit les infos tout en se préparant des œufs brouillés qu'il mange ensuite avec des saucisses de dinde. Il a envisagé un temps de devenir végétarien pour sa santé, mais n'a pu trouver les justifications nécessaires pour s'y résoudre. Certes, il voue une plus grande estime aux animaux qu'aux membres de sa propre espèce, surtout en raison de leur capacité à survivre sitôt venus au monde, mais l'empathie n'est pas dans sa nature. Il ne ressent donc pas le besoin de se priver d'une source facile de protéines. Son assiette lavée, il descend voir ses invités.

Katie est étonnamment silencieuse.

Elle doit tenir à ses dents de souris.

Sa main gauche est couverte de sang séché ; des gouttes maculent le pied de la chaise et le sol. Elle est assise en boule, comme pour se réconforter, ce qui donne à Jeremy l'envie furieuse de la déranger. Malheureusement, il n'a pas le temps de s'accorder un petit plaisir superflu ce matin. Il se contente de lui décocher un clin d'œil. Le voyant faire, Matt se lance dans une crise alimentée à la testostérone ; il l'insulte en postillonnant et tente de libérer ses bras des chaînes qui le retiennent. Apparemment, Matt a passé la nuit à essayer de déloger la chaise du sol, mais il n'a réussi qu'à fendre les pieds. Ces sièges ont été scellés dans le ciment des fondations il y a fort longtemps. Ils ne sont pas près de bouger. Par acquit de conscience, il songe aux possibilités qui se seraient offertes à Matt s'il avait pu par miracle se libérer, mais décide très vite de ne pas perdre son temps. Matt est un idiot et il est bien trop faible pour avoir le dessus sur lui. Il vérifie l'état de leurs poches d'intraveineuse et les remplit tandis que Matt livre sa meilleure prestation du dur à cuire.

— Je jure que je vais t'écharper, espèce de fiotte ! hurle-t-il en crachant sur la joue de Jeremy.

Il songe à s'emparer des pinces pour arracher les incisives de Matt, mais se retient, car il ne veut pas se tacher : il n'a pas d'autre chemise propre et repassée pour se changer. En outre, il ne se sent pas vraiment menacé par un homme assis dans sa propre pisse qui utilise encore des termes comme « fiotte ». Pour toute réponse à sa provocation, il prend le visage de Matt entre ses mains et lui plante un baiser sonore sur la bouche. Il en profite pour mordre avec vigueur sa lèvre inférieure. Il lui arrive de se laisser aller aux plaisirs bruts et il le regrette rarement.

— Tu es venu ici de ton plein gré, ne l'oublie pas, grommelle-t-il alors que le sang envahit la bouche de Matt.

Celui-ci crache et peste de façon incompréhensible pendant que Katie gémit doucement à côté de lui. Jeremy, lui, sourit lorsqu'il remonte l'escalier en essuyant avec un mouchoir le sang de Matt sur ses lèvres. Dans le couloir, il vérifie rapidement son reflet dans le miroir. Il remet une mèche de cheveux blonds en place et franchit la porte.

*
* *

La journée, il travaille comme comptable dans une société de stockage et de logistique. Un emploi aussi monotone et abrutissant que son intitulé. Il déteste devoir passer le plus gros de sa semaine à régurgiter des chiffres dans un système informatique. Il entre dans le hall de Lovett Logistics et délaisse l'atmosphère étouffante du dehors. L'été en Louisiane, traverser un parking, c'est comme avancer dans du beurre fondu : lourd, humide et oppressant. Une fois à l'intérieur, son corps tente de s'habituer à l'air frais artificiel qui se déverse de toute part. Entre l'utilisation excessive de la climatisation, les employés à la mâchoire tombante et la perspective d'être coincé dans ce bouillon de culture les huit prochaines heures, il vit un cauchemar éveillé. En fouillant dans son sac, il se rend compte qu'il a oublié son badge d'accès au bâtiment. C'est la faute de Katie qui l'a distrait hier soir. Avec un soupir silencieux, il s'approche de l'hôtesse d'accueil. Elle est en léger surpoids et ses bras font penser à de la peau de poulet bien grasse et croustillante. Elle persiste à les exhiber tous les jours en portant des robes et des chemisiers sans manches. Son visage rond est entouré d'une chevelure travaillée d'un blond qui n'est pas naturel à en juger par ses racines brunes. Il n'a jamais pris la peine de s'intéresser à la couleur de ses yeux, car la couche de maquillage qu'elle y applique lui retourne l'estomac. Aujourd'hui, il note des nuances de vert, comme si la moisissure envahissait ses cavités oculaires avant de traverser ses cils pour coloniser le reste de son visage arrondi. Comme d'habitude, elle est concentrée sur son téléphone et balaie l'écran d'un geste de l'index ; elle consulte sûrement les propositions à la limite de la vulgarité agressive que lui envoient des barbares sur les applis de rencontres où elle espère trouver l'âme sœur.

— Je peux vous aider, Jeremy ?

Il grimace lorsqu'il l'entend prononcer son nom, car il a mis un point d'honneur à ne pas retenir le sien. Il plaque un sourire avenant sur ses lèvres et se penche vers elle, coudes sur le comptoir.

— Vous voulez bien être un ange et m'ouvrir la porte ? susurre-t-il avant de montrer son sac. J'ai oublié mon badge et je meurs d'envie de me mettre au travail.

Elle laisse échapper un rire sonore, se couvre la bouche pour jouer les grandes dames. Il retient un soupir et glousse avec elle. Elle lui offre son plus beau sourire et appuie sur le bouton d'ouverture de son faux ongle verni.

— Vous m'en devez une, minaude-t-elle avec un clin d'œil.

— Je te dois que dalle, lâche-t-il avec froideur en s'éloignant sans la remercier.

Elle pensera sans doute qu'il plaisante. Ça ou autre chose, il s'en fiche de toute façon.

4

Wren enfile son masque de protection et observe en silence le corps étendu devant elle sur la table en acier froid. La femme lui rend son regard derrière une paupière tombante. Même le reste de son œil droit dénonce les horreurs qu'elle a endurées.

Ses vêtements ont été photographiés et retirés. Les techniciens sont en train de les examiner pour y prélever des fibres, des cheveux, tout ce qui pourrait permettre de remonter la piste de l'animal responsable de cette mise à mort. Wren procède à une palpation en quête d'os cassés, note consciencieusement les pétéchies encore visibles sur son visage, même si la décomposition des tissus a déjà commencé à altérer ses traits. Le soleil de Louisiane est impitoyable avec les vivants, mais il est particulièrement cruel envers les morts. D'après l'estimation de Wren, l'inconnue est restée en proie aux éléments au moins une journée entière, ainsi que l'indiquent le léger ballonnement et l'absence de putréfaction avancée.

Elle note les contusions autour de la gorge, où de multiples ligatures se croisent et creusent la chair au niveau du larynx. Ce n'est pas la cause de la mort. En plus de la plaie à l'estomac qui, selon Wren, a été le coup fatal, l'ecchymose au cou indique un afflux de sang au moment de la strangulation, possible uniquement quand le cœur bat. Cette pauvre fille a été étranglée avec un lien sans que son agresseur ait eu l'intention de la tuer. Il appréciait seulement la brutalité de l'acte avant de lui asséner le coup de grâce d'une manière des plus douloureuses.

La plaie à l'estomac, qui s'étend sur tout l'abdomen, est profonde et son bord, dentelé. Le sang coagulé à l'intérieur indique que la blessure a été infligée alors que la victime était toujours vivante. Entre la rigidité cadavérique encore présente dans certains des muscles et la température du foie, l'heure de la mort peut être établie à trente-six heures environ. En revanche, la lividité post-mortem qu'elle a estimée sur la scène de crime indiquait un délai moindre. Wren s'attendait à trouver des taches rouge sombre, voire bleues ou violettes, mais le sang accumulé sous la peau la teintait encore d'un rose vif.

Wren reste perplexe devant cette divergence, mais décide de poursuivre son examen. La lividité cadavérique permet aussi de déterminer si le corps a été déplacé après la mort, ce qui est le cas pour la victime étendue sur sa table. Le sang qui a cessé de circuler après qu'elle a été éventrée s'est accumulé sur son flanc droit, sa hanche, son visage et dans certaines parties de son bras droit. Elle était par conséquent étendue sur le côté droit juste après sa mort. Il y a aussi une accumulation de sang au niveau des lombaires et entre ses épaules : elle s'est donc trouvée sur le dos à un moment donné. Ces éléments permettent de déterminer qu'elle est morte allongée sur la droite et qu'elle a ensuite été mise sur le dos. Tous ces détails s'emboîtent pour former un beau petit puzzle, pourtant la coloration des pétéchies continue de perturber Wren.

L'inspecteur John Leroux entre dans la salle d'autopsie, il enfile un masque et glisse sa main droite dans un gant. Sa mâchoire anguleuse est crispée et son regard d'un bleu océan, visible au-dessus du masque, semble poser un million de questions.

Wren lève brièvement les yeux à son arrivée. Après plusieurs années à travailler avec lui, elle est capable de lire instantanément son expression. Il est surmené et attend des réponses.

— Dis-moi que tu as quelque chose pour moi, Muller, lance-t-il.

Il rajuste son pantalon puis pose les mains sur les hanches. Après une légère hésitation, elle déclare :

— Il l'a conservée au froid.

5

Installé dans son box, Jeremy allume son ordinateur et pose son café et son téléphone à portée de main. Il préfère démarrer tranquillement la journée en flânant sur les réseaux sociaux et les sites d'informations. Aujourd'hui, la page d'accueil du *Times-Picayune* attire son attention : « Les recherches s'intensifient après la disparition d'un couple originaire de La Nouvelle-Orléans tandis que leurs proches poursuivent les marches blanches. » Il peine à étouffer son rire. Les veillées et les marches l'ont toujours amusé. *En quoi des bougies et des photos peuvent-elles soulager la souffrance de Katie et de Matt dans ma cave ?*

À son avis, les « proches » aux yeux pleins de larmes et à la mine solennelle sur les photos cherchent seulement à avoir leur tête dans le journal. Tout le monde a une raison. Ces gens qui se vantent d'avoir perdu des êtres chers veulent juste assouvir leur écœurant besoin d'attention. Il parcourt le reste de l'article, qui expose en détail l'urgence de retrouver ces deux plaies du genre humain.

— C'est effrayant, n'est-ce pas ?

Corey, son collègue, l'arrache à ses pensées en posant un coude sur le haut de la séparation de son box. Il sirote un café.

— Ces deux-là vont finir comme les autres. Les similitudes sont flagrantes, tu ne trouves pas ? Une fois qu'il en a balancé un, il en attrape un autre en quelques jours. Il paraît qu'ils ont retrouvé la fille qui avait disparu.

Corey secoue la tête et boit une nouvelle gorgée de café. Il n'a pas tort quand il mentionne les autres. Jeremy fait ça depuis un moment ; il a torturé six personnes jusqu'à présent. D'ordinaire, il procède exactement ainsi que Corey le suppose. Dès qu'il s'est lassé d'un invité, il part à la recherche d'un autre. C'est la première fois que les séjours de plusieurs se sont chevauchés. Katie et Matt sont arrivés alors que Meghan était toujours en vie, ou presque. Ce n'était pas prévu, et c'était même assez risqué. Mais parfois il faut savoir improviser quand les bonnes personnes se présentent.

Meghan était une créature triste et pitoyable. Jeremy n'a eu aucun mal à la convaincre de quitter le bar avec lui jeudi dernier. Elle était bruyante, exubérante et arrogante ; elle l'a agacé à la seconde où elle a ouvert la bouche. À un moment donné, dans la cave, elle a hurlé et l'a traité de « fils à sa maman ». Elle l'a mis dans une rage noire, une rage telle qu'elle allait obscurcir toute pensée rationnelle et avisée. S'il s'était laissé aller à sa colère, il aurait pu commettre une erreur fatale. Il en voulait profondément à Meghan de lui avoir presque fait perdre son sang-froid, et par la même occasion de lui avoir fait risquer sa liberté.

Plusieurs jours durant, il a essayé de la briser. Il a étudié l'état de son psychisme et sa résistance alors qu'elle se demandait quand – quel jour, à quelle heure, à quelle minute – elle rendrait son dernier souffle. Après s'être amusé quelques jours, il est descendu à la cave en silence. Sa brusque absence d'interaction aurait dû lui mettre la puce à l'oreille, pourtant elle ne s'y attendait pas du tout quand il a enfoncé le couteau dans son ventre. Il a entaillé son abdomen avec force et l'a regardée se tordre de douleur sur le sol en béton. Il a choisi sciemment ce grand final. Les blessures à l'estomac sont atroces. La bile et l'acide s'infiltrent dans la plaie et empoisonnent lentement la victime avec ses propres fluides corporels.

C'était dimanche soir, le lendemain de l'arrivée de Katie et de Matt. Le corps de Meghan a été retrouvé ce matin. Il l'a entendu à la radio, mais ils ne livrent aucun détail au grand public pour l'instant. Il n'a pas peur. Il prend toujours un maximum de précautions pour ne laisser aucune trace. Il s'est même débarrassé du fil de pêche et du cordon électrique dont il s'est servi pour étrangler Meghan au cours de l'un de leurs jeux. Juste par sécurité.

Bien que Jeremy ne cherche pas à suivre un mode opératoire particulier, il cible en général des personnes dans la vingtaine ou la trentaine qu'il ramasse dans les bars et les discothèques. Il varie néanmoins à chaque fois sa façon de tuer, laissant le champ libre à ses envies et à sa curiosité. Et, bien sûr, il y a les marais. Après la découverte de la quatrième victime, les journalistes lui ont attribué un surnom. À cause de sa tendance à abandonner ses proies dans l'eau répugnante des marécages, à la vue de tous, ils l'ont surnommé le « boucher du bayou ». Au début, il s'en fichait, maintenant ça l'ennuie. De plus en plus ces derniers temps, il se lasse de cette routine dans laquelle il s'enracine. En outre, s'il devient prévisible, il court le risque de se faire prendre. Il est prêt à innover.

Jeremy s'arrache à ses rêveries et pivote sur son siège pour faire face à Corey.

— Tu crois ? demande-t-il.

Avec un ricanement, son collègue tend le doigt en direction du passage dans l'article qui relate le temps écoulé depuis la disparition de Katie et de Matt.

— Oh oui. Ces deux imbéciles ont disparu depuis presque une semaine. Ils sont foutus. Ils sont la tête dans la vase, faut pas se leurrer.

Jeremy ne peut s'empêcher de sourire devant la franchise de Corey. L'entendre exprimer le même mépris que lui pour ses invités est rafraîchissant.

— Tu as peut-être raison, mec. Et au moins, si on les retrouve, on n'aura plus à se farcir toutes ces bougies et ces prières. Je n'en peux plus de ces pauvres nazes en manque d'attention qui ne cherchent qu'à passer devant la caméra, déclare Jeremy pour tester les limites du désintérêt de Corey.

Celui-ci laisse échapper un gros rire avant de se pencher en avant. Il acquiesce.

— Tu as bien raison ! s'exclame-t-il. Je prends le pari : ils vont nourrir les asticots avant la fin du week-end.

Il n'est pas loin de la vérité, ce qui contrarie légèrement Jeremy.

— Bon, j'ai droit aux gros yeux. Je ferais mieux de me mettre au boulot pour gagner ma croûte, annonce Corey d'un air blasé.

Jeremy remarque leur directeur qui les observe, fier du peu de pouvoir qu'il exerce sur son open-space. Corey donne un léger coup de poing dans la paroi de séparation et ajoute :

— J'ai failli oublier : je fais une scène ouverte samedi soir au *Tap*. Viens y faire un tour si tu es dispo. J'ai besoin d'avoir le public avec moi.

Jeremy hoche la tête.

— OK, mec. J'essaierai de passer. Bonne chance.

Sur ce, Corey retourne dans son box et Jeremy se met au travail.

6

Wren est énervée. Les corps non identifiés dans sa morgue la contrarient profondément. Une frustration qui est surtout la conséquence de son besoin pathologique de boucler ce qu'elle a commencé et de barrer les tâches sur sa liste. Elle n'aime pas laisser un travail inachevé ni se le voir rappeler chaque fois qu'elle ouvre une des portes de la cellule réfrigérante. Au-delà de ces irritations administratives, la vue de ces inconnus fait s'abattre sur elle une profonde tristesse. Elle les entend qui la supplient de trouver leur nom, de donner un épilogue à leur histoire. La terreur l'étreint quand elle sait que l'être cher de quelqu'un attend dans un sac mortuaire, anonyme. Leur solitude la hante. Il n'y a rien de pire que d'être oublié. Elle s'est donné pour mission de leur rendre au plus vite leur identité.

Leroux passe un doigt ganté au-dessus des pétéchies roses du bras droit du cadavre puis pose sur Wren un regard interrogateur.

— Donc il essaie de brouiller ton estimation de l'heure de la mort, déclare-t-il plutôt qu'il ne demande.

Wren ne quitte pas des yeux la femme étendue devant elle.

— Il essaie… et il y arrive, rétorque-t-elle d'un air absent.

Elle se tourne pour insérer une nouvelle lame sur le manche de son bistouri.

— C'est quand même bizarre, non ? Combien de ces foutus criminels savent même que c'est possible ?

Wren ne répond pas, elle se contente d'inciser la chair pour le retrait des organes. Elle secoue la tête avec colère. Leroux pousse un grognement, recule d'un pas et réajuste son masque sur son visage.

— Je parie qu'il a fait ça dans le seul but d'entraver le travail du médecin légiste, lance-t-il pour plaisanter. Tu accordes beaucoup trop de mérite à ce type. D'après mon expérience, ce ne sont que de sombres idiots qui veulent se faire passer pour pire qu'ils sont.

Wren interrompt son geste et lui décoche un regard agacé.

— Je n'ai jamais dit que c'était son seul but. C'est juste que je n'apprécie pas que mes capacités soient testées par un imbécile qui se prend pour Hannibal Lecter.

Elle s'empare d'un instrument qui ressemble à une paire de cisailles à haies et entreprend de sectionner chaque côte d'en bas jusqu'à la clavicule. La force requise pour cet acte et le bruit inhérent lui offrent l'exutoire parfait chaque fois qu'elle est contrariée. L'os de la clavicule, plus dense, exige davantage de travail et de puissance, ce qui lui convient parfaitement à cet instant.

— Dans ce cas, tu ne vas pas aimer ce que je vais t'annoncer, dit Leroux en s'écartant pour lui permettre de s'attaquer à la partie gauche de la cage thoracique.

Elle pousse un grognement sans arrêter son geste.

— Crache le morceau, siffle-t-elle entre ses dents alors que retentit le bruit sec d'un os cassé.

Le téléphone de Leroux se met à sonner ; il refuse l'appel et s'appuie sur le comptoir.

— On est quasiment certains d'avoir affaire à un tueur en série.

— Pas possible ! s'exclame-t-elle d'un ton faussement étonné.

Il garde le silence, mais lui adresse un regard glacial.

— J'aurais pu te le dire, John. Quand est-ce qu'on me donne mon badge d'inspecteur ? rétorque Wren en roulant les yeux, un sourire en coin.

— D'accord, répond-il, exaspéré. Bon, ce n'est pas le plus surprenant, Muller.

Il contourne la table d'autopsie pour se placer en face d'elle et s'y appuie des deux mains.

— Ce tueur en série potentiel laisse sur les corps ou près d'eux des indices sur le lieu où il va abandonner le cadavre de sa victime suivante. Nous pensons tenir une piste pour une autre scène de crime, sauf que nous n'arrivons toujours pas à déchiffrer le message.

— Il va falloir m'en dire plus, répond Wren, la tête penchée sur le côté.

— Du calme, Muller. Nous n'en sommes pas encore sûrs à cent pour cent. Mais tu te rappelles la victime retrouvée derrière le *Twelve Mile Limit* ? Les bouts de papier qu'on a retirés de sa gorge ?

Wren s'interrompt et acquiesce, le presse de continuer. Cela fait deux corps près desquels des objets plutôt étonnants ont été découverts. L'idée d'un meurtrier cherchant à théâtraliser ses crimes ne lui inspire que du mépris. Ôter la vie à un autre être humain n'est-il pas suffisamment dramatique ? Le besoin de reconnaissance de ces tueurs est-il si fort qu'ils doivent présenter leurs meurtres dans un emballage funeste ? Tout n'est qu'une question de contrôle. Ce genre de monstre se sent tout-puissant quand il a l'assurance que le monde entier sait qu'il est aux commandes. Wren, pour sa part, a conscience que les cartes de visite qu'ils laissent démontrent un sentiment d'insécurité plus que la confiance en soi. Un peu comme lorsqu'on raconte une blague et qu'on passe une demi-heure à en expliquer la chute. On ne lui laisse pas l'occasion d'être comprise par elle-même. C'est un comportement qui trahit le désespoir et l'inconfort. Une tactique utilisée par les tueurs éminents les plus pathétiques, des démons narcissiques et obsessionnels qui rêvent d'une ovation.

Dans les années 1970, Dennis Rader, alias BTK, ne s'est pas limité à suivre d'innocentes femmes chez elles pour les agresser et les assassiner. Il recherchait tant la notoriété qu'il appelait la police pour l'envoyer sur ses scènes de crime. Quand il en a eu assez de se contenter de signaler ses actes, il s'est mis à écrire des lettres et des poèmes à la presse et à laisser dans toute la ville d'étranges maquettes de ses meurtres destinées aux forces de l'ordre. Au bout du compte, c'est sa soif d'attention qui l'a perdu. Dans sa hâte à devenir célèbre, il a manqué de prudence en demandant carrément dans une lettre adressée aux policiers s'ils pouvaient remonter sa piste à partir d'une disquette. Ils ont prétendu que non et il les a crus. Il se croyait fort et intouchable et pensait que même la police se plierait à ses aspirations vaudevillesques. Il avait tort.

— Le labo a été en mesure de lire ce qu'il y avait dessus, en tout cas en partie. Il s'agit bel et bien de la première page du chapitre 7 d'un roman de gare. Petite question : dans quel marais a-t-on retrouvé cette victime ?

— Celui des Sept Sœurs, répond-elle, songeuse. Mais est-ce que ce n'est pas un peu mince comme connexion ? Je reconnais que c'est curieux, mais…

Leroux lève le doigt pour l'empêcher de formuler le reste de sa pensée.

— Le livre découvert sur la scène de crime du marais des Sept Sœurs avait un chapitre arraché. Le septième. Et nous avons la confirmation que les pages proviennent de ce bouquin.

Il affiche un air satisfait et indique d'un geste le corps qui était autrefois un être humain bien en vie.

— Et ce n'est pas tout. Un bout de papier était glissé dans ses vêtements. Nous l'examinons en quête d'un indice sur la prochaine scène de crime. Tous mes gars sont sur le coup, mais je t'ai fait une photocopie. Une autre paire d'yeux ne sera pas superflue.

Il sort une feuille de sa poche arrière, la déplie avant de la poser devant Wren. Elle retire son gant et l'étudie.

— Ce motif de fleur de lys, commence-t-elle en se penchant par-dessus la table d'autopsie pour indiquer le dessin en haut de la feuille. Est-ce qu'il était mat ou brillant ?

— Il brillait, oui. Comment on dit, déjà… ?

Il plisse les yeux pour se concentrer puis tend un doigt victorieux.

— Il était iridescent ! Et aussi un peu en relief.

Elle opine du menton puis se replonge dans l'étude de la photocopie.

— Et ça, là, qu'est-ce que c'est ? demande-t-elle en montrant le bas de la feuille où est photocopié un autre document.

— Ça, c'est la carte d'emprunt du livre à la bibliothèque. Encore une fois, plus on est nombreux à réfléchir, mieux c'est.

— Philip Trudeau… Ce nom ne m'est pas inconnu, marmonne Wren, songeuse, en lisant le dernier nom inscrit sur la carte.

— Malheureusement, c'est une impasse, grommelle Leroux.

— Oui, je ne suis pas inspecteur à la Criminelle, mais mon intuition de civile me souffle que lorsque l'auteur d'un meurtre laisse son nom et son numéro sur une scène de crime, c'est trop beau pour être vrai.

— OK, OK… On a retrouvé ce Philip Trudeau. Il habite dans le Massachusetts. Il n'a pas mis les pieds en Louisiane depuis le collège, il y a plus de vingt ans. Et ce livre se trouvait dans les rayonnages de la Bibliothèque publique de Lafayette il y a encore dix jours, explique Leroux avant de consulter son portable qui sonne de nouveau. Bon, je ferais mieux de répondre. Mais toi, continue de réfléchir.

Il quitte la morgue à la hâte. Wren pose la photocopie sur la paillasse derrière elle puis enfile un gant neuf. Elle soulève la cage thoracique de la victime avant de jeter un œil à la pendule au-dessus de la porte.

— La nuit va être longue, ma belle.

7

À 17 h 08, Jeremy rassemble ses affaires et se dirige vers la porte pour partir.

— Bon week-end ! s'écrie Corey à l'autre bout de l'open-space.

Jeremy le salue d'un geste de la main et passe d'un air désinvolte devant l'accueil pour gagner le parking. Il pousse un lourd soupir et sent presque aussitôt la tension se dénouer dans son corps. La vie dans un box de travail est des plus barbares.

Alors qu'il prend place dans sa voiture, la chaleur écrasante de la journée s'abat sur lui. Il enclenche la climatisation, mais elle ne lui procure pas le soulagement espéré. Au contraire, il est assailli de toute part par une bouffée d'air chaud et vicié. Descendre un peu la vitre n'apaise que légèrement sa sensation de suffocation. Tandis qu'il tente de maîtriser sa respiration hachée au moment où la ventilation expulse enfin un souffle frais, Jeremy se demande si c'est ce que l'on ressent lorsqu'on meurt étranglé : un bref moment d'impuissance, une panique glaçante suivie d'un brusque sentiment de délivrance.

Mais Jeremy se fiche d'accorder un quelconque soulagement. Non, ce qui l'intéresse, c'est infliger la souffrance. Les mécanismes de la douleur sont à la fois simples et complexes ; une dichotomie majeure. Du point de vue physiologique, la souffrance requiert une parfaite symphonie de réactions chimiques. Chaque instrument jouant au moment opportun pour que se matérialise la sensation. Un stimulus envoie à travers la fibre nerveuse périphérique une impulsion qui est à son tour perçue et identifiée par le cortex somatosensitif. Si le trajet du stimulus est interrompu, alors la sensation sera diminuée. À l'inverse, transmettre cette impulsion électrique jusqu'à sa perception est un acte que même les hommes des cavernes savaient accomplir. Tout ce qu'il faut, c'est un objet pointu ou contondant, et beaucoup de force. Fascinant, n'est-ce pas ?

Il se rappelle la première fois où il s'est retrouvé face à la douleur et qu'il l'a reconnue. Il devait avoir sept ans. Il était en train de lire dans le salon de la maison qu'il occupe encore aujourd'hui. Alors qu'il tournait la page, il l'a entendue. Dehors, son père se garait dans l'allée poussiéreuse. La portière s'est ouverte et a claqué avec une force montrant qu'il était tendu. Son père grommelait, jurait et crachait tout en fouillant dans sa remise.

Jeremy s'est levé d'un bond et il est sorti pour voir ce qu'il se passait. Sur le seuil, il a entendu un bruit nouveau. Un son en provenance de l'arrière du pick-up. Un cri d'agonie. Au début, il a imaginé un enfant blessé dans la remorque. La plainte était si humaine, torturée : des gémissements réguliers suivis de respirations plaintives. Il était à la fois fasciné et révulsé, et il a senti chaque fibre de son corps vibrer d'excitation. La chaleur de cette fin d'après-midi est tombée sur lui comme une couverture lestée, l'avertissant de chercher refuge. Malgré tout, il était sous le charme, comme attiré par un fil invisible vers la silhouette agonisante qui reposait à l'arrière du camion. Il s'est hissé pour regarder et il a découvert une biche terrifiée qui se tordait de douleur. Elle avait une patte cassée et une entaille qui courait de sa gueule ouverte jusqu'à son épaule. Son flanc et son ventre se soulevaient au rythme atroce de ses respirations laborieuses ; ce spectacle a émerveillé Jeremy. Le sang coulait de ses naseaux et son regard affolé trahissait sa peur et son supplice. Aujourd'hui encore, il revoit cette expression de torture quand il ferme les yeux. Sur le moment, il ne pouvait pas s'en détourner. Pendant quelques secondes, il est resté planté devant cette magnifique créature et a partagé avec elle un instant d'angoisse.

Comme un signal, la musique s'est élevée derrière lui. Son père avait allumé le vieux poste de radio qu'il gardait dans sa remise. Il aimait écouter de la musique pendant qu'il travaillait. *These Boots Are Made for Walkin'* de Nancy Sinatra s'échappait des enceintes.

— Fiston, descends de là, tu vas lui faire peur, lui a ordonné son père en revenant dans la cour. Et j'aimerais que ces fichus hurlements s'arrêtent.

Il portait un fusil de chasse à l'épaule et a fait signe à Jeremy de s'écarter de l'animal mourant.

— Qu'est-ce qu'il s'est passé, papa ? a-t-il demandé d'une voix hésitante en sautant de son perchoir.

Son père a passé la main dans ses cheveux couleur des blés puis s'est frotté le menton avec nervosité. La friction sur les poils courts de sa barbe a produit un son familier.

— Elle a traversé à toute vitesse devant moi. La pauvre bête agonisait sur la route. Je ne pouvais pas la laisser là-bas, à brailler. Comme je n'avais pas mon fusil avec moi, je l'ai ramenée ici, a-t-il expliqué d'un ton détaché en contournant l'arrière du pick-up pour ouvrir le hayon.

À présent, Jeremy pouvait mieux voir l'animal, couché sur une bâche sale, blanche à l'origine, mais d'un beige terne maintenant. Des taches de sang s'épanouissaient sur la toile. La biche avait la langue qui lui sortait de la bouche. Pendant que Jeremy contemplait ce spectacle, son père a apporté une grosse brouette près du coffre. Il a fixé son fils.

— C'est bien que tu sois là, fiston, a-t-il déclaré en lui donnant une tape dans le dos qui l'a fait trébucher.

— Qu'est-ce que tu vas faire ?

— Nous devons l'abattre. Nous serions des monstres de la laisser souffrir plus longtemps.

Jeremy a senti son souffle se bloquer dans sa gorge.

— L'abattre ? a-t-il répété sans quitter la biche des yeux.

— C'est la vie, fiston. On ne laisse pas souffrir inutilement une créature. En plus, c'est l'ordre de la nature. Certaines sont au sommet, d'autres sont là pour fournir quelque chose. Grâce au sacrifice de cette biche, nous allons manger de la bonne viande.

Il a attrapé un coin de la bâche, le brusque mouvement a fait sursauter l'animal blessé.

— Allez, aide-moi à la descendre.

Jeremy était émerveillé. Tel un automate, il a tiré la bâche avec son père puis il a grimpé sur le plateau avec la biche pour la pousser pendant que son père la rattrapait. Ses cris étaient de plus en plus forts et insistants. Elle braillait, appelait à l'aide ses congénères, mais elle était trop loin de chez elle pour qu'ils l'entendent.

Elle est tombée dans la brouette dans un abject bruit sourd. Un léger craquement puis de nouveaux râlements aigus. Son père l'a rapidement conduite à l'arrière de la maison, Jeremy a suivi en silence. À l'orée du bois, il l'a aidé à descendre l'animal de la brouette.

— Viens à côté de moi, a demandé son père en faisant signe à Jeremy de s'éloigner de la biche couchée dans l'herbe.

Un pied sur la patte arrière de l'animal, le fusil pointé vers sa tête, il a ajusté son tir. La biche a bramé de plus belle comme si elle pressentait le sort qui l'attendait.

— Voilà, il faut viser entre les deux yeux, a-t-il annoncé tout bas. Tuer un animal pour abréger ses souffrances doit être rapide.

Sur ce dernier mot, il a appuyé sur la détente sans aucun avertissement. Jeremy a sursauté à la détonation. Autour de lui, tout a semblé ralentir pendant une seconde alors que la tête de la biche était rejetée en arrière sous l'impact. Puis le silence s'est abattu comme une averse et l'a fait frissonner. Avec le recul, Jeremy considère cette journée comme primordiale dans son développement. Il a vu en première ligne la souffrance, la douleur et la délivrance apportée par la mort.

Jeremy franchit le seuil de sa maison puis jette les clés dans une coupelle en cuivre près de la porte. Il imagine que le brusque tintement métallique surprend et affole ses invités, et l'idée de leur terreur l'excite. Il se rend directement à l'évier de la cuisine où il se met à frotter vigoureusement ses mains pour les débarrasser des microbes qu'il a sans aucun doute attrapés au bureau. Il déboutonne ensuite sa chemise et se dirige d'un pas enthousiaste vers la porte de la cave. Il ne s'arrête qu'un bref instant pour la suspendre au crochet qu'il a installé au mur à cet effet. Du plat de la main, il lisse le tee-shirt blanc qu'il a en dessous puis ouvre la porte dans un craquement et descend.

8

Wren passe sa carte magnétique devant le lecteur et la lourde porte s'ouvre devant elle. Elle descend les marches qui mènent au parking et se glisse au volant de sa modeste berline noire. Elle verrouille aussitôt les portières. Elle a vu trop souvent ce que risquent les imprudents qui s'installent dans leur véhicule avec insouciance alors qu'un prédateur rôde à proximité.

À l'abri dans l'habitacle, elle s'octroie un instant pour retrouver une contenance avant de rentrer chez elle. Le vent chaud qui pénètre par sa vitre entrouverte transporte jusqu'à elle des paroles étouffées. C'est Leroux qui vient de franchir la porte de service et parle au téléphone. Il a mis le haut-parleur et la voix empressée de son interlocuteur résonne dans le sous-sol.

— Les analyses sur le livre n'ont rien donné.

Leroux pousse un lourd soupir sonore et s'installe dans sa voiture. Il attrape une cigarette coincée derrière le pare-soleil avant de descendre sa vitre.

— Bon sang, Ben ! Aucune empreinte, même partielle ?

— Désolé, mon vieux, répond l'autre, déçu. Je pensais vraiment qu'on avait quelque chose cette fois.

Leroux tient la cigarette devant ses lèvres sans bouger.

— Cet enfoiré aurait porté des gants dans une bibliothèque ? Comment fait-il pour ne laisser aucune trace médico-légale ? peste-t-il en allumant sa cigarette avant de tirer une rapide bouffée. Merde ! D'abord Muller fait chou blanc, et maintenant toi ? Que sont devenus mes experts ?

À ces paroles, Wren se crispe. Elle le regarde souffler un nuage de fumée. Leroux est flic depuis suffisamment longtemps pour savoir qu'aucune enquête ne se résout en quarante-cinq minutes comme dans les séries. Il n'a cependant pas l'habitude de n'avoir aucun début de piste à suivre.

Même Israel Keyes, un tueur en série des plus méticuleux et incroyablement rusé, a fini par commettre une erreur. Tous ses actes étaient soigneusement réfléchis. Il voyageait sans cesse, prenait l'avion, le train, la voiture, pour enlever et tuer des gens au hasard, dissimulant des « kits de meurtre » un peu partout aux États-Unis afin d'avoir toujours son matériel à portée de main. Après tous les efforts qu'il a fournis pour se distancier de chacune de ses victimes, c'est le crime qu'il a commis dans sa propre ville qui a signé sa perte et permis son arrestation. En voyant la jeune serveuse du petit café d'Anchorage qu'il prévoyait de braquer ce soir-là, il a perdu le sang-froid qu'il avait mis tant d'années à acquérir. Il l'a enlevée, violée et assassinée dans sa voiture, sans préméditation. Son geste spontané a été filmé par des caméras de surveillance et lorsqu'il a voulu quitter la ville, il a utilisé la carte de crédit de sa victime et a de nouveau été filmé, cette fois par les caméras de la banque. Son règne de terreur sans heurts s'est achevé pour cause de négligence. Wren espère que leur tueur connaîtra le même sort.

Les interrogations qui agitent l'inspecteur Leroux se lisent sur son visage tandis qu'il aspire une autre bouffée de nicotine pour calmer ses nerfs. Il se demande si La Nouvelle-Orléans abrite un tueur en série dont les plans machiavéliques surpasseraient ceux d'Israel Keyes. À l'autre bout de la ligne, Ben lâche un petit rire.

— Au moins, ça rassure mon ego de savoir que Muller n'a rien non plus.

Après un soupir, Leroux conclut dans un grognement :

— Il va falloir tout reprendre depuis le début. Bon, merci, mon vieux.

— Pas de problème.

La communication est coupée.

Wren ne peut guère se sentir vexée. Ils travaillent tous d'arrache-pied. Au moment où il sort du parking, elle remarque les cernes noirs sous les yeux de Leroux. Il a une tête à faire peur. Avec un soupir, elle met le contact. Le son tonitruant de la radio rompt le silence dans lequel baignent la plupart des rues désertes autour de la morgue. Elle l'éteint et connecte son portable en Bluetooth, sélectionne un podcast pour l'accompagner sur le court trajet jusque chez elle. Malheureusement, cela ne suffit pas pour détourner son esprit de l'affaire. Wren ne peut s'empêcher de repenser au nom sur la carte de bibliothèque. Selon Leroux, Philip Trudeau est une diversion. Wren, elle, n'arrive pas à se défaire de son impression de familiarité. *Combien de Philip Trudeau rencontre-t-on au cours d'une vie ?*

Arrivée dans sa rue, elle ralentit pour se garer dans l'allée de sa maison. Avant de descendre, elle s'interroge : doit-elle écouter cette appréhension qui l'obsède, ou bien croire que Leroux et les autres inspecteurs ont enquêté en profondeur avant d'éliminer de la liste des suspects cet homme résidant dans le Massachusetts ? Une fois descendue de voiture, elle gravit les marches qui mènent à son vieux porche délabré. Sa maison n'est pas de première jeunesse, mais Wren adore l'atmosphère qu'elle dégage et ses petits travers.

Après avoir suspendu son trousseau de clés au crochet près de la porte, elle se rend à la cuisine où elle laisse tomber son sac à terre. Elle est épuisée, pourtant elle n'a pas envie d'aller se coucher. Après un coup d'œil sur l'horloge du four, elle décide de se faire un café. La plupart de ses amis se servent volontiers un verre de vin au terme d'une longue journée de travail ; elle n'a jamais aimé ça. Elle trouve que le vin a un goût de jus de raisin crayeux resté trop longtemps au soleil, et il lui donne mal à la tête. En revanche, l'arôme réconfortant d'un café fraîchement moulu apaise son esprit sur-le-champ. Appuyée contre le plan de travail, elle écoute les crachotements et les gargouillis de la machine.

Philip Trudeau. Elle répète en boucle ce nom dans sa tête puis le prononce à voix haute, dans l'espoir qu'un vieux souvenir enfoui refera surface spontanément. Elle reste discrète, pour ne pas réveiller Richard, son mari, qui dort à l'étage. Il travaille de bonne heure et Wren essaie au mieux de ne pas perturber son repos avec ses habitudes de couche-tard.

Sa tasse de café dans les mains, elle part au salon où elle se laisse tomber dans son fauteuil préféré aux coussins fatigués. Richard la harcèle pour qu'ils le remplacent, mais Wren n'arrive pas à s'en séparer. Son corps sait si bien y trouver sa place. Avec les nouveaux meubles, elle a l'impression que les préliminaires s'éternisent et qu'ils ne savent pas comment vous réconforter. La dureté d'un nouveau canapé est une chose qu'elle n'a tout simplement pas le courage d'apprivoiser, surtout ces derniers temps.

Même la dégustation de son café n'arrive pas à la détendre vraiment. Impossible de se résoudre à aller dormir. Son esprit ne cesse de revenir à l'inconnue étendue à la morgue ; c'est ce corps bouffi et maltraité qui prend les commandes de ses pensées. Le tueur est intelligent, assez pour comprendre la frustration qu'un cadavre conservé au froid causera à la personne dont la tâche est de déterminer l'heure de la mort. Il s'est montré encore plus malin avec cette victime. Il a fait encore plus attention de dissimuler son identité. Pour Wren, cela signifie qu'il est capable d'apprendre et de s'adapter. La méthode avec laquelle il ôte la vie à ses victimes n'a rien de cohérent. C'est comme s'il expérimentait. Il est doté d'un esprit curieux et d'un sens de la méticulosité dignes d'un chercheur. Une combinaison dangereuse.

— Wren !

— Quoi ? Oh, salut, chéri, dit-elle, brusquement tirée de ses réflexions par une voix familière.

Tout en bâillant, Richard s'approche du fauteuil en face du sien et s'y affale.

— Tu es redescendue sur Terre ? demande-t-il avec un sourire.

Elle répond d'un petit gloussement.

— Désolée, je ne voulais pas te réveiller. J'essayais juste de me détendre un peu avant d'aller au lit.

— Tu es partie dans la Lune un moment. Je t'ai appelée deux fois avant que tu ne me répondes.

— La nuit a été longue.

Elle se rencogne dans son fauteuil et boit une nouvelle gorgée de café. Richard se penche en avant, mains croisées et coudes sur les genoux.

— Oui, je me doutais que tu ne rentrerais pas de bonne heure.

Il comprend toujours. Parfois, elle se demande comment il y parvient. En revanche, jamais elle ne tient sa bienveillance pour acquise.

— Cette affaire est particulièrement frustrante. Et le tueur, d'une incroyable brutalité, déclare-t-elle dans un souffle lourd. Je veux juste choper ce type.

— Wren, c'est bien ça, le problème. Ce n'est pas à toi de le choper. C'est le travail des inspecteurs. Concentre-toi sur ce que tu fais de mieux. Avance avec les éléments dont tu disposes.

Elle sait qu'il a raison. Sauf qu'il n'est pas au courant pour Philip Trudeau et sa sensation obsédante qu'il existe un lien qu'elle seule peut déterminer. Plutôt que de débattre avec lui, elle décide d'abonder dans son sens.

— Tu as raison, je sais, dit-elle en se levant.

— Allons nous coucher.

Wren acquiesce. Elle va mettre sa tasse dans l'évier pendant que Richard regagne l'escalier d'un pas traînant. Dans la fenêtre de la cuisine, elle surprend son reflet. Elle a triste mine, ce soir. Comme son basilic, posé sur le rebord. Elle s'empresse de l'arroser au robinet, certaine qu'il sera revigoré dans quelques heures à peine.

— Bois, petite plante.

Elle éteint les lumières et monte dans sa chambre en se demandant si le tueur aussi arrose ses plantes.

9

Le trajet jusqu'à la fac peut durer des heures selon la circulation. En général, les embouteillages ne dérangent pas Jeremy. Il jouit pleinement de sa solitude et apprécie qu'il n'y ait personne à proximité pour interrompre le flot de ses pensées. Aujourd'hui, ce n'est pas le cas.

Il est nerveux, il a des fourmis dans les jambes. Il tape des pieds dans une tentative vaine de les soulager. Il a mis du temps à trouver ce qu'il voulait accomplir pour lui-même. Et maintenant qu'il touche presque au but, il n'arrête pas d'y penser. Son plan se joue en boucle dans son esprit, c'est plus fort que lui. Il ressent l'environnement et perçoit déjà le désespoir. Jeremy allume la radio sur une station locale et se pince l'arête du nez.

« La victime est une femme d'une vingtaine d'années. Elle a été retrouvée près d'un bar de quartier tôt ce matin. Son corps a été transporté à la morgue où le médecin légiste va procéder à l'autopsie dans la journée. » Les battements de son cœur s'accélèrent et son visage l'échauffe. Une excitation particulière le saisit chaque fois qu'il apprend que cette bande de policiers incompétents a reçu un autre de ses invités. Tout ce qui les sépare des criminels qu'ils pourchassent, c'est un sens de la morale mal placé. Une notion fragile qui peut se briser à tout moment, comme du verre soufflé.

Et puis il y a les médecins légistes. Ceux-ci ont beau croire de toutes leurs forces que les morts leur parlent, c'est impossible. S'ils sont en mesure de déterminer la cause du décès – parfois –, ils ne peuvent cependant pas deviner les pensées qui ont traversé l'esprit d'une victime au moment où elle a aspiré sa dernière goulée d'air. Les experts en médecine légale savent expliquer ce qu'il se passe exactement lorsqu'un cœur cesse de battre, mais ils sont incapables de comprendre la souffrance à l'état pur ou de détailler le plaisir débridé éprouvé à l'infliger. Ils brandissent leur scie à os, mais n'ont jamais serré un cou à mains nues. La mort et la douleur ne peuvent pas être racontées dans un rapport d'autopsie, pas vraiment. Ce sont des notions primitives qu'on n'enseigne pas dans une salle de classe ni un laboratoire.

Ces prétendus experts qui pensent traquer un tueur rationnel au dessein établi n'ont aucune idée de ce que Jeremy leur réserve. Aucun d'eux ne perçoit le changement dans sa routine. Pendant qu'ils se démènent pour déterminer un profil devenu obsolète, lui va orchestrer son œuvre maîtresse.

La circulation qui se fluidifie le tire de ses réflexions.

Qu'ils m'attrapent s'ils peuvent.

10

Est-ce la mort ?

Wren est ensevelie dans une obscurité si épaisse qu'elle l'étouffe. Une chaleur écrasante la consume. Son cœur s'emballe et la noirceur rougeoie. Elle ordonne à sa bouche de s'ouvrir pour libérer le sanglot prisonnier de sa gorge. Sa poitrine est douloureuse ; elle tente de toutes ses forces d'appeler à l'aide, mais rien ne sort.

Puis, d'un coup, l'obscurité se dissipe et elle voit ses parents devant elle. Ils se tiennent côte à côte dans une pièce d'un blanc étincelant ; sa mère serre le bras de son père. Une expression d'anéantissement tord les traits de leurs visages. Elle jette ses bras autour d'eux. Elle peut humer le parfum de pomme réconfortant de sa mère et l'odeur chaude et rassurante de son père. Elle s'accroche à eux un moment, se laisse envelopper par le soulagement. Mais il fait froid maintenant.

Aucun bras ne la serre en réponse. Elle lève la tête vers eux et remarque que leurs yeux emplis de larmes ne la voient pas.

— Maman ! Papa ! les implore-t-elle en posant ses mains sur leurs joues.

Ils continuent de s'agripper l'un à l'autre, sans noter sa présence. Elle a chaud de nouveau. Une déferlante de chaleur s'abat sur elle, lui donne la nausée. Elle essaie une nouvelle fois d'attirer leur attention, hurlant par-dessus le bruit blanc qui emplit désormais ses oreilles.

— Maman ! Où sommes-nous ? Aide-moi ! supplie-t-elle, sans réponse.

Sa mère a les yeux rouges et fatigués d'avoir pleuré. Elle semble désespérée et ne réagit pas aux gémissements de Wren. Soudain, un son résonne à travers le grésillement ambiant. Une voix familière, mais qui n'est ni celle de ses parents ni la sienne.

— Tu es en train de mourir, Wren, dit un homme d'un ton nonchalant.

Son sang se glace. Elle cherche des réponses, du réconfort dans les yeux de ses parents, continue de s'accrocher à eux ; elle refuse de regarder derrière elle. Comme une volute de fumée, ils s'évaporent et disparaissent complètement. Il ne reste plus rien. Elle tombe à genoux. Un sanglot étranglé lui échappe et elle tressaille quand l'homme reprend la parole.

— Qu'est-ce qui cloche avec tes jambes, Wren ?

Elle baisse les yeux sur le haut de ses cuisses et se relève. Lorsqu'elle pose le pied à terre, elle a l'impression de marcher dans l'eau. Elle perd l'équilibre, chancelle. Voilà qu'il rit maintenant. Un ricanement bas et méprisant franchit ses lèvres et lorsqu'elle retombe à genoux, il continue de plus belle.

— Mes jambes, murmure-t-elle.

Elle n'a plus aucune sensation dedans ; elles ne sont plus que des branches mortes sur un arbre centenaire. Au bout d'un moment, elle se tourne vers lui. Il approche. Il est d'une propreté presque stérile, il porte un tee-shirt blanc et un jean impeccable, sans aucune tache. Son visage est flou. À chaque pas qu'il fait dans sa direction, elle sent l'air s'échapper un peu plus de ses poumons. Elle se met à tousser, s'étouffe. Elle a l'impression qu'on lui a enfoncé un tisonnier incandescent dans la gorge.

— Chut…, dit-il d'une voix roucoulante en s'accroupissant à côté d'elle.

Il met un doigt sur sa bouche.

Même si elle ne peut distinguer son visage, elle sait qu'il sourit. Par réflexe, elle recule pour s'écarter de lui. Elle essaie désespérément de mettre de la distance entre eux et traîne ses jambes lourdes à la force de ses bras ; sous ses paumes, le sol est glissant.

— Cours, lâche-t-il à voix basse dans son dos.

Elle veut sangloter, mais rien ne franchit ses lèvres, pas même son souffle. La pièce se met à vaciller et à danser autour d'elle, et la sensation de chaleur la submerge.

— Cours ! répète-t-il plus fort.

Elle tressaille et il rit. Elle secoue la tête et se repousse du sol d'une main. Tout est flou maintenant, brumeux. La pièce blanche s'assombrit, un lourd rideau tombe devant ses yeux. Tandis que la noirceur se referme sur elle, obscurcit son champ de vision comme l'obturateur d'un objectif, elle entend un cri irrévocable et terrifiant.

— Cours ! hurle-t-il.

Wren se redresse d'un bond dans le lit. La lumière inonde la chambre. Son souffle est court, haché, elle est trempée de sueur. L'espace d'un instant, elle est incapable de dire si elle est bien réveillée et sauvée de cet abominable cauchemar. Elle plisse les yeux et regarde autour d'elle, essaie de contraindre son esprit à s'acclimater. Son cœur bat la chamade dans sa poitrine ; il lui faut un moment pour retrouver son calme.

— Seigneur, c'est le pire cauchemar que j'aie jamais fait, dit-elle d'une voix étranglée dans le vide de la chambre à coucher, en balançant ses jambes hors du lit.

Malgré elle, elle a devancé son réveil. Par la fenêtre, de son côté, le soleil entre à flots. Le store est de travers, accroché à la peinture qui s'écaille du mur. Même si c'est insignifiant et en rien extraordinaire, elle ne peut empêcher la paranoïa d'envahir son esprit. Toutes ces inconnues de la morgue la suivent chez elle et elle redoute que leur meurtrier n'en fasse autant. Elle secoue la tête pour chasser ces pensées intrusives. Il est trop tôt. Elle remet le store en place et va dans la salle de bains.

Pendant que l'eau de la douche chauffe, elle se brosse les dents et son esprit vagabonde de nouveau. Tout en accomplissant les étapes de sa routine quotidienne, elle pense à son prochain jour de repos. Prendre un peu de recul par rapport à cette affaire, ne plus penser à ces corps retrouvés aux quatre coins de la ville qui s'accumulent ne lui ferait pas de mal. Faire une pause de vingt-quatre heures, pendant lesquelles elle n'aurait pas à examiner une cavité thoracique, relève pourtant du fantasme. Elle se réjouit à l'idée de se détendre, tout simplement, en compagnie de son mari. Ce mois-ci, Richard a si souvent plaisanté sur son absence en l'appelant « la belle inconnue » qu'elle recommence à trouver sa blague drôle. Elle bat des paupières pour revenir à l'instant présent et coupe le jet de la douche. Le petit moment de bien-être qu'elle s'est accordé est terminé. Il est l'heure de reprendre pied dans la réalité.

*
* *

Wren passe son badge d'identification devant le lecteur et pousse la lourde porte en acier. Une chape d'air un peu vicié s'abat aussitôt sur elle.

Arrivée à son bureau, elle jette ses clés sur la table et remarque la pile de dossiers qui s'élève dans sa bannette. Elle soupire devant ces nouveaux décès à examiner. D'ordinaire, elle ne se laisse pas décourager par la charge de travail, mais la découverte d'une autre victime dans le secteur et l'ardeur des journalistes à semer la panique au sein de la communauté font peser une grosse pression sur ses épaules. Avoir d'autres cadavres sur sa table ne lui facilite pas la tâche.

Wren se laisse tomber sur son siège et appelle ses deux assistants qui débarquent au pas de course. L'un d'eux, encore en train de lacer ses chaussures, manque de se cogner la tête contre une étagère débordant de manuels d'anatomie. Il se rattrape au dernier moment, rouge de confusion ; Wren a remarqué qu'il était toujours très nerveux.

— Bonjour, docteur Muller. Qu'est-ce qu'on peut faire pour vous ?

— Bonjour. Il faudrait que vous vous chargiez de quelques dossiers à ma place ce matin, les informe-t-elle en ouvrant les premiers fichiers de sa boîte de réception. Une overdose présumée. Jeune femme de vingt-trois ans retrouvée derrière le *Tap Out*. Veillez à récolter un maximum d'échantillons sur le corps. Il y a des flacons d'anticoagulants à gauche dans le placard de l'entrée.

Le plus jeune des deux s'empare du dossier avec entrain.

— Ça marche. Vous souhaitez un retrait en masse des organes ? demande-t-il, déjà à la porte.

— Oui. Préparez le corps et sortez les organes. Je n'ai remarqué aucun signe de traumatisme, mais si vous voyez quelque chose, appelez-moi.

Wren ouvre le deuxième dossier et se tourne vers l'autre assistant.

— Pour vous, j'ai un homme de cinquante-six ans. Un suicide, visiblement. Retrouvé chez lui, plaie par balle au palais. Pas de mot, mais vous voyez le topo. Il était gaucher, alors vérifiez bien les résidus de poudre sur sa main gauche.

Après avoir délégué ses affaires les moins urgentes, Wren se rend dans la salle d'autopsie.

— Aujourd'hui, je t'attrape, déclare-t-elle tout haut.

*

* *

Le temps au labo file en un éclair. Au bout de plusieurs heures, Wren est sollicitée pour retourner avec Leroux sur la scène de crime du *Twelve Mile Limit*, qu'il souhaite de nouveau inspecter au vu des nouveaux éléments. Marchant côte à côte sur le trottoir, ils sont abattus par l'énergie négative qui émane de cet endroit, mais restent déterminés à découvrir un indice capital. Comme elle est aussi diplômée en criminologie, Wren est un atout précieux dans cette affaire, que ce soit dans la salle d'autopsie ou sur le terrain.

Wren repense à toutes les fois où elle est venue dans ce quartier. Comment le tueur a-t-il réussi à accomplir son crime sans que personne ne le remarque ? Cette allée est empruntée chaque nuit par des centaines de fêtards. C'est à la fois un raccourci et une ruelle utilisée par les dealers pour mener leurs affaires loin de l'animation de l'avenue principale. Évidemment, aucun pilier de bar qui vient de s'envoyer une demi-bouteille de bourbon ne va prêter attention à ce qu'il se passe dans cette ruelle, surtout s'il tente péniblement de retrouver le chemin de chez lui. Il a peut-être simplement suffi au tueur d'agir avec naturel pour abandonner le corps ici. Wren aimerait tant comprendre ces esprits dérangés ! Leroux, lui, a passé ce stade. Il ne veut plus comprendre. Il veut seulement arrêter le coupable.

Sur le bitume, à l'endroit où la victime était étendue, on devine encore une marque sombre, comme une tache de café. Comme si la terre en dessous cherchait à faire remonter la vérité à la surface. Il est rare que Wren se sente à la fois aussi impuissante et fascinée sur une scène de crime.

— Il a pris pour cible des individus de séries B, déclare Leroux sans lever les yeux.

Wren hausse un sourcil interrogateur, prête à lui demander ce qu'il entend par là. Il la devance.

— Quelconques. Faciles à oublier, mais pas invisibles. Corrects, mais ni impressionnants ni extraordinaires, ajoute-t-il pour clarifier sa pensée.

Il a raison. Ces victimes n'ont rien de remarquable. Elles ne sont pas des membres éminents de la communauté, mais elles ne vivent pas non plus complètement en marge de la société. Le tueur ne s'attaque pas à des vagabonds ni à des travailleuses du sexe, comme d'autres criminels ont déjà pu le faire. Il sait qu'à ce jeu-là, on se heurte presque toujours à des représailles du public qui fait justice lui-même.

Tout comme cibler des nantis reviendrait à braquer les projecteurs sur lui. C'est pourquoi il a choisi avec intelligence des victimes qui ne sont ni des princes ni des indigents.

Wren attache ses cheveux en chignon sur le sommet de son crâne et écarte de ses yeux les mèches récalcitrantes.

— Ils sont comme des arbres qui tombent dans la forêt. Certaines personnes vont s'en soucier, mais la plupart voudront seulement récupérer du bois de chauffage et continuer leur vie.

Leroux l'observe un moment, puis il se met à arpenter le trottoir. Il s'accroupit et étudie la tache au sol avant de se relever.

— Ça le rend plutôt intelligent. Et porte la préméditation à un tout autre niveau, répond Wren.

— Tout à fait, acquiesce Leroux. Et je crains que la situation ne s'améliore pas.

Wren approuve en silence. Tous deux savent que les actes du tueur n'ont rien d'aléatoire. La scène qu'ils examinent est le résultat de recherches méticuleuses, d'une planification soignée et d'une réflexion complexe.

Alors qu'ils s'apprêtent à repartir, bredouilles et découragés par l'atmosphère pesante, l'attention de Leroux est attirée sur un coin de bitume, entre la chaussée et le bord du trottoir. Il s'accroupit et sort un mouchoir de sa poche arrière. Avec son gant improvisé, il retire d'un geste précautionneux une carte de visite blanche coincée dans une fissure du revêtement. Quand il la lève à hauteur de ses yeux, il devient blême. C'est une carte de visite du bureau du médecin légiste. Sous le sceau officiel se trouvent le nom complet de Wren et son titre. Ses coordonnées professionnelles sont inscrites au bas.

Wren avance d'un pas, tend une main gantée pour s'emparer de la carte que Leroux lui montre, une expression confuse sur le visage. Elle effleure du bout de l'index le logo en relief dans le coin supérieur droit. C'est un ancien modèle de carte : Wren a redessiné le motif il y a six mois environ. Mais elle est bel et bien authentique. Et intacte, comme neuve, si immaculée qu'elle ne peut avoir été placée ici que récemment. Et intentionnellement. Celui qui l'a déposée l'a fait après que le cadavre a été emmené et le ruban de police retiré. Il n'y avait rien lorsqu'ils sont venus sur la scène de crime la première fois. Ils l'auraient vue sinon. On cherche à leur transmettre un message.

Wren secoue la tête de dépit.

— Je n'aime pas ça, John. Sérieusement. Ça me donne envie de prendre mes jambes à mon cou.

— Fais-moi confiance, Muller, inutile de disparaître dans la nature tout de suite. Puisque c'est ton nom sur cette carte, nous allons assurer ta protection. Mais d'après moi, il veut juste jouer les malins en nous indiquant qu'il sait comment fonctionne notre enquête, la rassure-t-il en sortant un sac de scellés de sa poche et en lui prenant la carte des mains pour la ranger. Il ne fait aucun doute qu'il aime effrayer les gens, surtout les femmes.

— OK. Alors attrape vite ce type pour que j'arrête d'être aussi parano.

Leroux lisse son pantalon et prend Wren par le bras.

— Je te promets que je vais le choper, affirme-t-il avec assurance.

— Je crois que tu vas y arriver.

— Je suis flatté.

Avec un clin d'œil, il passe devant elle pour regagner la voiture.

— Partons d'ici et rapportons ça au labo pour analyses.

Elle approuve d'un hochement de tête. Les yeux fermés, elle aspire une grande goulée d'air qu'elle relâche doucement avant de se tourner vers lui.

— Oui, partons.

11

Installé dans l'amphi bondé, Jeremy observe Emily. Elle est concentrée sur le cours de biologie et prend consciencieusement des notes. Sa main ne s'arrête jamais de bouger au-dessus de son carnet et le bracelet qu'elle porte presque tous les jours à son poignet tinte légèrement. Le petit pendentif en argent, en forme de cœur anatomique, s'agite à chaque coup de crayon. Il s'imagine être le seul à l'entendre. De temps à autre, elle hoche la tête et pointe son crayon en avant pour signifier son approbation d'une théorie. Tout à sa contemplation, il sent de nouveau monter en lui le frisson de l'excitation. La totale inconscience d'Emily sur ce qu'il va bientôt lui arriver est des plus exaltantes.

À 19 h 30, il se rend compte que pas une fois son stylo n'a touché sa feuille. Il s'est reclus si loin dans son esprit que les trois heures de cours magistral ont filé comme des minutes. Il se lève lentement, sans jamais la quitter des yeux tandis qu'elle ramasse ses affaires et commence à descendre l'allée. Il fait craquer ses doigts puis s'élance devant elle, un sourire amical plaqué aux lèvres. Elle ne le remarque pas tout de suite. Jusqu'à ce qu'il souffle son nom.

— Mademoiselle Emily Maloney, murmure-t-il en se penchant à son oreille quand elle passe devant lui.

Elle sursaute et glousse de surprise ; une main sur la poitrine, elle lui sourit.

— Cal ! s'exclame-t-elle. Tu m'as fait une de ces peurs. Je te jure, après trois heures de bio, je suis complètement dans le pâté.

Un semestre entier a beau s'être écoulé, il faut encore à Jeremy quelques secondes pour reconnaître son pseudonyme. Il s'est inscrit à la fac sous le nom de Cal avec de faux papiers d'identité. Et même s'il vit à fond son rôle pendant les heures de classe, il a du mal à s'habituer à son alias.

Tandis qu'ils se dirigent ensemble vers la sortie de l'amphi, Emily se lance dans une tirade sur les effets des cours à rallonge sur le cerveau des étudiants. Jeremy ne prête qu'une oreille distraite à ses paroles. Son esprit est en ébullition, il visualise le déroulement des prochaines minutes. Il n'y a pas de place pour l'erreur. Même le plus infime des contretemps serait catastrophique. Ils tournent à l'angle, loin du bâtiment des sciences. Sans bruit et à gestes lents, il s'empare, dans sa poche droite, du chiffon et de la petite fiole de chloroforme.

— Tu crois qu'on aura le droit d'utiliser une calculatrice pendant l'examen ? demande-t-elle tout en consultant d'un air absent un message sur son téléphone.

Il hausse les épaules et discrètement, il perce le plastique de la fiole d'un trou minuscule avec la pointe de la bague qu'il porte au pouce. Il sent le liquide imprégner le tissu au moment où ils entrent dans le parking.

— Ils nous passeront peut-être juste un boulier. Plutôt que de nous préparer, ils ignorent sciemment que la technologie moderne est accessible et utilisable dans le monde réel, poursuit-elle alors qu'il se racle la gorge.

Elle s'esclaffe tout en sortant ses clés quand elle arrive près de sa voiture.

— Bon, si tu veux réviser ce week-end, fais-moi signe.

Il sourit et hoche la tête.

— Oui, ça marche.

Un livre tombe malencontreusement de la sacoche de Jeremy et heurte le sol dans un bruit sourd. Emily pose brièvement les yeux dessus quand il le ramasse et le range dans son sac.

— C'est quoi, comme livre ? Je cherche justement de la bonne lecture pour me changer les idées. Tu sais, pour dans une dizaine d'années, quand je serai enfin médecin et que j'aurai du temps libre.

Elle lui offre un immense sourire et il lâche un petit ricanement gêné. Il se sent un peu déstabilisé. Il doit se recentrer.

— Oh, c'est un recueil de nouvelles d'horreur. Pas vraiment de quoi se détendre, réussit-il à répondre.

Machinalement, il veut passer la main dans ses cheveux, mais il se retient au dernier moment.

— D'accord, on se prévoit une session d'étude. Je t'envoie un texto. Rentre bien.

— OK, à plus, Cal.

Elle lui tourne le dos pour ouvrir sa portière et dans un seul mouvement, il attrape sa queue-de-cheval auburn de la main gauche et lui décoche un coup de genou à l'arrière de la cuisse pour lui faire perdre l'équilibre. Il tire sa tête en arrière et lui couvre la bouche et le nez avec le chiffon imbibé d'anesthésiant. Le tout avant même qu'elle ne comprenne ce qui lui arrive. Elle lâche ses clés et lui agrippe en vain les mains pour se libérer, pour essayer de reprendre le contrôle. C'est à cet instant que la panique la gagne.

Il fixe ses grands yeux et attend patiemment que le chloroforme fasse effet et l'immobilise. Une fois que tous les muscles de son corps sont relâchés, il la jette dans le coffre de sa voiture. Il s'accorde ensuite un bref instant pour reprendre son souffle et rassembler ses idées avant de continuer. Lorsque l'adrénaline est un peu redescendue, il enfile un gant sur sa main droite et récupère la fiole de kétamine dans son autre poche. Il en aspire une petite dose dans une seringue, tâte le bras d'Emily à la recherche d'une veine et lui injecte ce nouvel anesthésique pour la maintenir dans un état de confusion quand les effets du chloroforme se seront dissipés. Du coin de l'œil, il repère un éclat brillant par terre, sous le parechoc. Son bracelet s'est détaché, il est tombé pendant la bagarre. Il se penche pour le ramasser et l'examine de près pour la première fois. C'est seulement à ce moment-là qu'il remarque le minuscule « E » gravé sur un côté du cœur. Il glisse le bracelet dans sa poche.

Précaution supplémentaire, il passe les bras d'Emily derrière son dos et lui entrave les poignets avec un lien de serrage avant de ramasser ses clés et de s'installer au volant pour la ramener chez lui. Là, il laisse échapper un long soupir et s'essuie les mains avec une lingette humide. Face au miroir du pare-soleil, il remet en place une mèche de ses cheveux teints en brun. La couleur temporaire commence à se mélanger aux perles de sueur sur son front. Il s'empresse de retirer la barbe clairsemée de Cal et se masse la mâchoire d'un air satisfait.

— Bien joué, Cal, se félicite-t-il.

12

— Je ferais peut-être mieux de rester ici ce soir, lance Wren tout en passant le fer à boucler dans ses longs cheveux.

Une mèche se montre récalcitrante : elle retombe mollement au milieu des autres comme un ballon dégonflé. Dans la salle de bains, Wren fixe le miroir au-dessus du lavabo. Elle a pris une douche et enfilé une « tenue de soirée » : un chemisier noir en dentelle qu'elle a acheté il y a presque un an. Elle ne sort plus beaucoup, si bien que le simple fait de mettre autre chose que du baume à lèvres rend l'occasion extraordinaire.

Richard la rejoint. Il a troqué son costume contre un survêtement gris et un vieux tee-shirt. Il passe une main dans ses cheveux châtain clair et secoue la tête.

— Hors de question, rétorque-t-il. Tu as besoin de te divertir, Wren, et de penser à autre chose qu'au travail. Tu as mérité de te détendre, tu sais.

— Je sais, oui, mais on va me questionner sur le boulot, de toute façon. Tout le monde veut entendre des détails glauques et croustillants, surtout après plusieurs martinis, réplique-t-elle en bouclant une autre mèche de cheveux. Surtout mes amies.

— Tu es déjà habillée et pomponnée, alors... Tu ne t'es pas faite belle pour rien, quand même.

— Je pourrais être jolie à la maison. Qui a dit que la romance n'existait plus ? Si ça se trouve, c'est l'allure que je veux avoir pendant mon temps libre dorénavant...

Elle lui offre un sourire et hausse les épaules.

— Oui, j'ai toujours voulu que ma femme déambule en tenue de soirée à la maison pour me rendre heureux.

— Je le savais.

Il se penche en avant, son visage vient se refléter dans le miroir à côté de celui de Wren.

— Tu ne peux pas rater l'anniversaire de Lindsey.

Wren lève les yeux au ciel.

— D'accord, d'accord. Tu as raison.

Elle boucle la dernière mèche de cheveux et secoue la tête pour apporter du volume.

*

* *

Wren pénètre à la hâte dans le restaurant. Elle est en retard. Du regard, elle parcourt la salle à la recherche de ses amies qu'elle finit par repérer au milieu de l'impressionnante foule venue savourer de somptueux plateaux de fruits de mer. Lindsey, Debbie et Jenna sont installées sur une banquette en U et Marissa est assise sur une chaise rembourrée couleur corail en face d'elles. Elles lui adressent de grands signes de la main quand elles la voient. Dans la manœuvre, Lindsey renverse la moitié de sa boisson sur Debbie ; Wren se sent aussitôt à son aise dans cet environnement chaotique.

— Désolée du retard, les filles ! Je pourrais inventer une excuse, mais vous me connaissez trop bien !

Wren se glisse sur la banquette sous les éclats de rire approbateurs de ses amies. Lindsey pousse un verre de rhum-Coca surmonté d'une tranche de citron vert devant elle et l'invite à boire. Sa boisson préférée, et la seule qu'elle s'autorisera ce soir, car, en tant que médecin légiste, elle est toujours d'astreinte.

— Bien sûr qu'on te connaît ; et on ne voudrait pas te changer. Je suis tellement contente que tu sois venue !

Wren fait tinter son verre contre celui de Lindsey et admire les hors-d'œuvre devant elle. Debbie lui indique les huîtres, magnifiquement arrangées sur le plat.

— Goûte-les tout de suite. Tu vas adorer ! Elles sont délicieuses à en mourir.

— Et ensuite, tu pourras déterminer la cause de ta propre mort et porter ta carrière à un autre niveau.

La tablée éclate d'un rire enivré, Wren ne peut s'empêcher de sourire.

— Je cherche toujours à m'améliorer. Alors, qu'est-ce qui les rend si mortelles ?

— Ce sont des huîtres « j'aime », explique Debbie en forçant sur l'accent français.

— Chapelure de maïs, ajoute Jenna qui s'empresse d'en dévorer une.

— N'en dites pas plus.

Wren se lance à son tour sans plus attendre. Ses amies n'exagéraient pas ; recouverte de panure et d'une sauce créole à la tomate, cette huître est à se damner.

— Oh, Seigneur ! Je pourrais quitter Richard pour ce mollusque ! s'extasie-t-elle avant de boire une gorgée de son cocktail.

Les amies discutent avec entrain du travail, des enfants, de leur cher et tendre, et partagent d'autres potins. C'est agréable, Wren apprécie. Une fois les verres et les assiettes vides, Lindsey lève la main, comme une bonne élève, et Marissa, jouant le jeu, pointe le doigt vers elle :

— Oui, Lindsey ? Tu as une question ? demande-t-elle entre deux éclats de rire.

— Les filles, j'ai envie d'aller voir une diseuse de bonne aventure ! Vous êtes d'accord ? S'il vous plaît ! insiste-t-elle, les mains jointes en signe de prière.

— Absolument ! acquiesce Debbie.

Jenna siffle les dernières gouttes de son vin blanc et s'exclame :

— Allons-y ! J'aimerais l'interroger sur l'espérance de vie de ma belle-mère.

— Jenna ! C'est horrible ! proteste Lindsey un peu fort.

Jenna hausse les épaules avec un sourire.

— Je ne plaisante qu'à moitié.

Wren se lève en riant et attrape sa pochette.

— Je suis partante !

— Docteur Muller, je rêve ou vous venez de dire que vous étiez disposée, voire excitée, à l'idée de participer à une activité absurde ? la taquine Marissa, une main sur l'épaule de Wren, l'autre sur son propre cœur.

— Allons au *Bottom of the Cup* ! Ce n'est qu'à quelques minutes d'ici.

Debbie consulte son téléphone puis tourne le portable vers ses amies pour leur montrer les avis dithyrambiques de clients enthousiastes sur la boutique de voyance la plus ancienne et la plus respectée de La Nouvelle-Orléans.

— Toutes au *Bottom of the Cup* ! s'écrient-elles à l'unisson.

Le trajet à pied est rapide et l'air, rafraîchissant sur Conti Street et Chartres Avenue. Wren a parcouru ce chemin à de nombreuses reprises, mais elle s'émerveille à chaque fois de la ville, surtout la nuit. Les lumières projettent des ombres qui accompagnent le promeneur comme un esprit loa invoqué par une prêtresse vaudoue. Une atmosphère fantomatique agréable habite La Nouvelle-Orléans la nuit. Des fougères et des plantes tombantes ornent les balcons comme des rubans, mettent en valeur les motifs complexes en fer forgé qui font la réputation du Vieux Carré. Ce n'est qu'une fois devant la porte de la boutique de voyance, sous les cris stridents de ses amies excitées, que le charme se rompt pour Wren.

— Bonjour, nous aimerions toutes une séance rapide, s'il vous plaît, annonce Lindsey en désignant ses compagnes qui acquiescent avec vigueur.

L'homme derrière le comptoir se redresse pour les accueillir, avenant.

— Formidable. Souhaitez-vous une lecture des feuilles de thé, des lignes de la main ou un tirage de cartes de tarot ?

Lindsey se retourne et sonde ses amies :

— Qu'en pensez-vous, les filles ?

Wren se lance la première :

— Pour moi, ce sera le tarot.

C'est ce qui lui est le plus familier. Même en bonne sceptique affichée, elle reconnaît une dimension plus magique dans le tirage des cartes. Ce n'est peut-être que de la poudre aux yeux, mais elle en apprécie le procédé, ou en tout cas le talent artistique et le côté théâtral.

— Tirage de cartes pour tout le monde, s'il vous plaît ! valide Lindsey.

Wren s'installe dans un fauteuil de la salle d'attente, sa pochette posée devant elle sur une de ces tables célèbres pour leur immense plateau représentant une roue du zodiaque.

— L'une de vous souhaite-t-elle boire un thé ? propose Debbie en examinant les saveurs disponibles.

Wren suit son regard. Les étagères au mur débordent de thés parfumés et de divers cadeaux mystiques censés apporter la béatitude à quiconque désire pénétrer un monde plus spirituel.

— Oui, un thé, ce serait très bien. Qu'est-ce que tu vas prendre ?

Wren étudie les noms et les ingrédients, un peu dépassée par la multitude de choix et de combinaisons de saveurs.

— J'hésite entre le mélange du moine et la garden-party au palais de Buckingham, répond Debbie en gloussant.

— Oh, choisis la garden-party au palais de Buckingham, ne serait-ce que pour le nom, réplique Wren. Jasmin et pétales de bleuet… ça me paraît bien.

Debbie hoche la tête et s'approche du comptoir pour passer commande. À cet instant, une femme d'un certain âge, magnifique, sort d'un pas tranquille de l'arrière-boutique. Ses cheveux sont remontés en chignon serré sur le haut de son crâne et ses pommettes saillantes n'ont rien à envier à celles de Bowie. Derrière elle, un homme d'une cinquantaine d'années la suit. Son regard est doux et il est rasé de près, des touffes de boucles blondes pointent sur le sommet de sa tête.

— Bonsoir, je m'appelle Martine. Nous pouvons recevoir deux personnes à la fois, déclare la femme sculpturale. L'une d'entre vous peut venir avec moi et l'autre peut aller avec Leo ici présent.

Elle désigne l'homme à côté d'elle avant d'inviter l'une des clientes à la suivre. Lindsey se lève d'un bond et saisit la main de Wren au passage.

— Allons-y avant qu'elle ne s'endorme. Elle ne s'est pas couchée aussi tard sans qu'il y ait eu un meurtre depuis des mois.

— Mon thé ! proteste Wren.

— Tu le prendras après, intervient Debbie en lui décochant un clin d'œil. Allez, vas-y. Je te le garde au chaud.

— Merci. Tu es une vraie copine, réplique Wren d'un air moqueur avant de capituler.

D'une légère pression sur le bras, Martine indique le chemin à Wren. Elle la guide dans un étroit couloir jusqu'à une porte sur la droite. Derrière, une pièce pourvue d'une table noire avec une petite lampe verte qui ressemble à un candélabre ancien. Un grand miroir au cadre doré accroché au mur surmonte la table sur laquelle une pile de cartes de tarot attend.

— Mettez-vous à l'aise, je vous en prie.

Martine tire une chaise et l'invite à s'y asseoir.

— Voulez-vous que j'enregistre cette séance pour que vous puissiez la réécouter chez vous ?

— Oui, merci, ce serait bien.

Wren s'installe, rapproche sa chaise en remarquant la musique douce en fond sonore. Elle se penche pour admirer les motifs élaborés au dos de la première carte. Martine esquisse un sourire et s'empare de la pile dans un geste délicat.

— Magnifiques, n'est-ce pas ? Elles sont très anciennes. Elles m'ont été transmises par ma grand-mère. Ces cartes sont chargées d'histoire.

Martine s'interrompt et plonge les yeux dans ceux de Wren. Elle la fixe un moment puis pousse les cartes sur le côté.

— Si vous êtes tentée, je peux vous lire rapidement les lignes de la main avant d'interroger les cartes.

Wren acquiesce sans un mot. Même si elle doute des révélations sur sa vie que pourrait livrer sa paume, elle est piquée par la curiosité. Martine prend sa main dans la sienne et la retourne, en examine l'intérieur et étire les sillons du bout des doigts pour mieux les observer.

— Vous voyez, là ? Cet anneau ? demande-t-elle en désignant la petite ligne courbe sous l'index de Wren, qui plisse les yeux pour essayer de la discerner.

— Oui, c'est vrai qu'on dirait un peu une bague.

— On l'appelle l'anneau de Salomon. Il m'apprend que vous êtes une meneuse. Vous êtes forte, indépendante et très intelligente. Il me dit aussi que parfois ces traits de caractère peuvent gâcher votre vie. Votre travail et votre réussite étouffent vos impulsions plus créatrices.

Malgré elle, Wren se sent brusquement vulnérable. *Comment une ligne sous son index peut-elle révéler tout cela à cette femme ?* Martine sourit.

— Cette ligne, poursuit-elle en montrant une strie légère qui s'étend au milieu de sa paume, du bas de son auriculaire jusqu'à l'espace entre son index et son pouce. Cette ligne est unique. C'est le pli simien.

Wren le distingue à peine. De toute façon, elle préfère regarder Martine pour examiner l'expression de son visage. Celle-ci fronce les sourcils puis referme sa main sur celle de Wren, presque dans un geste de réconfort.

— Cette ligne m'apprend que vous avez des difficultés à concevoir la vie de façon abstraite. Vous voyez en noir et blanc, pas en nuances de gris. Votre nature analytique est votre plus grand atout, mais j'ai aussi la forte impression que, dans votre situation actuelle, cela vous dessert.

Wren s'entend demander malgré elle :

— Et quelle est cette situation ?

Elle peine à croire qu'elle se laisse aller aux boniments de Martine.

— Interrogeons les cartes, répond la voyante avec calme en les tendant à Wren. Coupez le paquet en deux avec votre main gauche. Là où vous ressentez le besoin de le faire.

Wren essaie de suivre les indications, mais elle ne ressent rien, alors elle sépare le paquet au hasard et repose les cartes face cachée sur la table. Martine retourne la première de chaque pile et les place entre elles. La Lune et la Grande Prêtresse. Elle étend ses mains au-dessus et plonge son regard dans celui de Wren.

— Ces cartes me font face, ou plutôt, et c'est plus important, elles se détournent de vous, ce qui modifie leur signification, commence Martine. La Lune vous dit d'écouter votre voix intérieure. Vous recevez des messages, mais vous les bloquez. J'imagine, d'après ce que les lignes de votre main ont révélé, que c'est votre nature analytique qui vous rend moins ouverte aux réponses.

Wren ne sait pas très bien quoi penser de cette séance.

— La Grande Prêtresse, poursuit Martine, est intéressante. Elle aussi concerne l'intuition, mais dans votre cas, elle m'apprend que les secrets vous entourent. Quelqu'un dans votre vie actuelle ou passée vous entraîne dans un secret dont vous ne comprenez pas tous les aspects.

Wren s'efforce de donner un sens à ces histoires de messages et de secrets et se creuse la cervelle pour trouver leur lien avec elle, mais elle ne perçoit rien d'autre que de la confusion. Martine rassemble les deux piles et mélange de nouveau les cartes. Elle tend le paquet à Wren.

— Prenez une carte, je vous prie.

Sa voix est douce, mais une impression de force imprègne ses paroles. Sans un mot, Wren tire une carte au milieu du paquet et la tend à Martine qui la retourne sur la table. Au moment où la figure apparaît, la voyante porte la main à sa bouche, l'index posé sur sa lèvre inférieure.

— Le Dix d'Épée, annonce-t-elle.

Elle montre à Wren l'illustration d'un homme étendu sur le ventre avec dix longues épées plantées dans le dos. La carte, inquiétante et sinistre, se passe d'explications.

— La trahison, murmure Martine avant de lever les yeux. Il a fait une chose affreuse.

Ces mots frappent Wren de plein fouet.

— Qui ? Qui a fait une chose affreuse ?

Martine secoue la tête.

— Vous savez qui. Faites confiance à votre instinct, conseille-t-elle en touchant la carte de la Lune et celle de la Grande Prêtresse.

Le souffle de Wren se coince dans sa gorge.

— Comment ? demande-t-elle tout bas en se penchant légèrement en avant.

Martine secoue de nouveau la tête.

— Vous savez comment. Tout est là. Arrêtez-le.

Les deux femmes se mesurent du regard un instant. L'esprit de Wren bouillonne de questions et son cœur semble ne jamais vouloir reprendre un rythme normal. Puis, comme un signal pour rompre le charme, un bruit de porcelaine brisée leur parvient de l'entrée de la boutique.

Wren se lève si vite qu'elle manque de renverser sa chaise dans la précipitation.

— Merci, Martine, lâche-t-elle.

Elle pivote sur ses talons et s'empresse de quitter la pièce. Sur le seuil, elle se retourne : Martine est toujours en train de contempler les cartes, sa main posée dessus.

— Comment c'était ? On dirait que tu as vu un fantôme. Incroyable, j'imagine ? s'enquiert Jenna, penchée au-dessus des débris d'une tasse. Il y a eu un petit accident, ici.

Wren a l'impression d'évoluer dans le brouillard. Elle récupère son sac sur la table avec la roue du zodiaque.

— C'était super. Mais il faut que j'y aille, annonce-t-elle.

— Le boulot ? demande Marissa au moment où Leo revient avec Lindsey.

Celle-ci gémit aussitôt :

— Non ! Quelqu'un est mort le jour de mon anniversaire ?

Wren la serre rapidement dans ses bras pour lui dire au revoir.

— Malheureusement, oui, prétend-elle. Joyeux anniversaire, ma belle. C'était très amusant. Je suis contente d'avoir fêté ça avec toi.

Elle plaque un sourire sur ses lèvres et pivote pour partir.

— Attendez ! l'interpelle Martine.

Elle tient une petite enveloppe carrée à la main.

— Votre enregistrement.

Wren prend une profonde inspiration et revient sur ses pas pour récupérer le paquet.

— Merci, Martine.

En partant, elle jette un dernier regard à la voyante qui hoche la tête. La main serrée sur sa pochette, Wren regagne sa voiture en essayant désespérément de chasser cette sensation désagréable. *C'est du flan. Un coup de chance. Elle m'a peut-être vue aux infos ou sait qui je suis.*

Elle fourre l'enveloppe dans son sac et se glisse derrière le volant.

J'aurais dû rester à la maison.

*

* *

Sur le chemin du retour, Wren repère par hasard Leroux devant un bar. Il approche de l'entrée, s'arrête et tire une longue bouffée de cigarette. Il exhale la fumée dans la nuit et un nuage s'élève en spirale sous le léger souffle du vent, s'attardant un peu dans l'air frais avant de se dissoudre dans l'atmosphère. Face à ce spectacle, Wren sent le calme l'envahir un instant. Lorsqu'elle regarde de nouveau Leroux, elle comprend que lui aussi avait besoin de s'évader ce soir.

— Oh pardon, mon chou !

Une jeune femme vient de heurter Leroux qui vacille. Elle se confond en excuses entre deux gloussements et tente tant bien que mal de garder l'équilibre sur ses talons vertigineux. Cette scène comique décide Wren qui se gare pour suivre Leroux à l'intérieur. Son coéquipier depuis deux ans, l'inspecteur William Broussard, est déjà installé sur un tabouret au bar où il a pris place depuis un moment, à en croire le verre d'alcool ambré à moitié vide devant lui.

— Salut, les gars ! lance-t-elle en tirant un siège pour s'asseoir entre eux deux.

— Muller ! Quelle surprise de te voir dans ce coin, et aussi tard. Tu as dépassé l'heure du coucher, non ? la taquine Leroux.

— Ha, ha !… Je passais en voiture et je t'ai vu dehors. Je me suis dit que la coïncidence était trop belle pour l'ignorer.

Will fixe le poste de télévision accroché au-dessus des étagères de bouteilles.

— Vous vous rendez compte qu'ils continuent avec ces salades ? s'exclame-t-il avec un geste du menton en direction de l'écran.

Leroux et Wren suivent son regard et découvrent dans l'édition du journal local l'interview menée par un jeune journaliste enthousiaste. L'homme d'une cinquantaine d'années qu'il interroge semble au bout du rouleau, il se tord les mains de nervosité. « Ce sont des sciences occultes. Des adorateurs du Diable s'infiltrent dans notre communauté et tant que nous ne recommencerons pas à respecter les enseignements de Jésus-Christ, d'autres innocents seront sacrifiés sur l'autel de l'obscurité », prophétise-t-il. Il lève la main au moment de prononcer ces dernières paroles et le reporter approuve vigoureusement de la tête.

Sur l'image suivante apparaît un groupe de citoyens inquiets, tous vêtus de tee-shirts à messages, de casquettes et de shorts en jean. La foule autour est en délire et encourage un homme muni d'un micro. « Cette communauté est en danger ! Elle risque de devenir la proie des manigances du Diable ! hurle-t-il. Nos enfants sont les prochains ! Vous ne comprenez pas ? Ces disciples de Satan les arracheront à leur lit et les sacrifieront à la gloire de leur maître ! La police doit attraper ces monstres et les jeter dans les marais. Pourquoi les bons citoyens de La Nouvelle-Orléans sont-ils les seuls à voir que c'est l'œuvre d'une bande d'adorateurs du Diable ? »

Le journaliste, qui a tenté en vain d'intervenir une ou deux fois, finit par demander : « Donc, vous pensez que les meurtres qui ont eu lieu récemment ne sont pas des incidents isolés, ainsi que l'ont déclaré les forces de l'ordre ? » Dans la foule, les réponses incohérentes s'élèvent et le porte-parole non officiel hoche la tête avec force. « La police vous ment ! Les autorités ne veulent pas que l'on sache à quel point le monde occulte a envahi cette communauté. Cela est l'œuvre du Diable et de ses adeptes. Croyez-moi ! »

Avec un ricanement, Leroux se détourne de l'écran. Le doigt pointé sur la boisson de Will, il interpelle la barmaid quand elle approche :

— La même chose, s'il vous plaît.

La serveuse lui sert un whisky Macallan de douze ans d'âge.

— Santé ! lance-t-il en levant son verre.

Wren imite son geste et fait tinter un verre invisible contre le sien. Will secoue la tête et boit une gorgée.

— Ces histoires de menace satanique devraient finir par se tasser, non ? On replonge dans les années 1980 où il était totalement acceptable de supposer que des punks en colère commettaient des meurtres sadiques.

— Ça devait arriver, soupire Leroux.

Will marque son étonnement.

— Est-ce qu'on a vraiment atteint le point où on accepte sans discuter une rupture totale de la pensée rationnelle ?

Leroux hausse les épaules en buvant une gorgée de son whisky.

— Un peu, oui, répond-il avec un geste en direction de l'écran. Les gens cherchent des motifs qui n'existent pas, car ils sont effrayés. Ils préfèrent adhérer à ce genre de théorie plutôt que d'imaginer qu'ils puissent être tués par un monsieur Tout-le-Monde, comme l'ont été ces victimes.

— Je déteste quand ce que tu dis est sensé, rétorque Will en se rencognant sur son siège. Le problème, c'est que ces personnes détournent l'attention du véritable objectif. Plutôt que de chercher un pauvre type solitaire qui vit dans son sous-sol, ils encouragent le public à s'attaquer à tous ceux qui portent un tee-shirt de Metallica.

— Oui, et ces chaînes de télé locales leur offrent une toute nouvelle plateforme pour propager leurs conneries.

— Je n'aurais pas mieux dit… Bon, et de notre côté, on n'a toujours rien sur le papier qu'il a laissé avec le livre ?

— Nada, répond Leroux. Ben s'arrache les cheveux avec cette histoire.

— Ce type se sent clairement plus malin que n'importe qui. Et ma main à couper que tout ce cinéma le fait triper, ajoute-t-il en montrant de nouveau l'écran.

Leroux acquiesce, prend un air songeur.

— Je suis d'accord qu'il doit se trouver plus malin que tout le monde, mais je suis presque sûr que ces salades sur Satan l'agacent.

— Ah oui ? J'aurais pensé qu'il serait content de détourner les soupçons de lui. Le public ne recherche plus un type normal comme Ted Bundy. Il s'inquiète d'avoir affaire à un Charles Manson.

— Je ne crois pas qu'il soit aussi naïf. En tout cas, si on se fonde sur son profil.

— Vraiment ? s'enquiert Will d'un ton incrédule. J'imagine que je vais devoir te faire confiance sur ce point.

Leroux s'esclaffe et se penche en avant, plante ses coudes sur le comptoir.

— Oui, eh bien, espérons que je ne suis pas complètement à côté de la plaque. Selon moi, c'est un tueur classique et organisé. Wren, tu veux raconter à Will le dernier élément révélateur de la monstruosité de ce type ?

Avec un soupir, Will baisse la tête d'un air théâtral et murmure :

— J'ai l'impression qu'il vaudrait mieux que je ne sache pas.

— Le dernier corps... Il l'a congelé, intervient enfin Wren.

— Quoi ? Congelé ? Pourquoi ?

— Ça compromet les indices qui permettent d'estimer précisément l'heure de la mort. Ça ralentit la lividité cadavérique ou je sais pas quoi, s'empresse de répondre Leroux.

— Bien joué. Tu as des vues sur mon boulot ? le taquine Wren.

Will demande d'un air abasourdi :

— Il n'a pas fait ça avec la victime précédente, n'est-ce pas ?

— Non. Juste celle-ci, confirme Wren.

Leroux s'est tu. Les yeux plissés, il fixe le miroir derrière le comptoir. Tout à coup, il se lève et se retourne pour scruter le bar bondé.

— Qu'est-ce que tu cherches ? s'enquiert Will en pivotant sur son tabouret avant de tendre le cou.

Sans un mot, Leroux se dirige droit sur un groupe, renverse au passage le verre d'un client.

— Hé, connard ! l'interpelle l'homme, exaspéré, en essuyant sa chemise.

Leroux l'ignore et ne s'arrête qu'une fois devant le mur à droite de l'entrée. Avec concentration, Wren parvient à distinguer le prospectus de couleur claire punaisé au lambris en bois sombre qui a attiré l'attention de Leroux. C'est une annonce pour un festival de jazz qui se tient prochainement dans Bourbon Street – un avant-goût des festivités de Mardi gras et une attraction des plus populaires. Leroux passe la main sur le prospectus pour effleurer la bordure en fleur de lys. Elle est irisée.

Exactement comme le papier laissé sur le dernier cadavre.

13

Sur l'écran du moniteur, Jeremy regarde Emily qui commence à se réveiller. Il parie que sa tête doit l'élancer. Elle bat des paupières, tente désespérément de sortir de l'état brumeux dans lequel le cocktail chloroforme et kétamine la maintient. Elle se rend compte qu'elle se trouve dans le noir total, qu'elle est assise sur un sol humide et spongieux.

Elle se demande sans doute pourquoi elle est dehors, comment elle est arrivée là. Mais avant qu'elle n'ait le temps de trop réfléchir à sa situation, la sono résonne brusquement dans l'obscurité et la fait sursauter. Elle essaie tant bien que mal de se redresser, cille pour chasser le voile opaque devant ses yeux, l'oreille tendue vers la source du bruit. Un nouveau tressaillement la saisit quand la voix de Jeremy s'élève.

— Bonsoir, chers invités. J'aimerais avoir votre attention un instant, s'il vous plaît.

L'a-t-elle reconnu ?

— Près de chacun de vous, il y a une torche électrique. N'hésitez pas à vous en servir. Il ne faudrait pas que vous tombiez malencontreusement dans les marais.

Emily scrute les alentours, elle approche son visage de la mousse et des racines qui rampent sous elle. C'est presque comique à voir. La caméra à vision nocturne baigne l'endroit d'une lumière verte, si bien qu'Emily ressemble à une créature extraterrestre en train de renifler le sol. En réalité, elle ne voit même pas le bout de son nez. Elle tâtonne, ne rencontre que de la terre molle, puis son pied bute dans quelque chose de solide. C'est la lampe.

— Vous vous trouvez chacun dans un secteur différent de ma propriété qui est entourée d'une barrière sur tout son périmètre. Des haut-parleurs sont disposés à divers endroits.

Elle doit avoir compris maintenant. Comme pour le confirmer, les traits de son visage se transforment. C'est la voix de son binôme de labo qui fuse à travers les enceintes. Celle de la dernière personne qu'elle se rappelle avoir vue avant de se réveiller ici.

Un sourire ravi aux lèvres, il poursuit :

— Les règles sont simples. Votre seul objectif est de réussir à m'échapper. Le principe de ce jeu est de survivre, mes amis. Fuyez si vous pouvez. Les seuls obstacles sur le chemin de votre liberté, ce sont quelques hectares de bayou. Et moi.

Elle allume sa lampe. Le faisceau éclaire une vaste couche de mousse autour d'elle. Les branches basses de milliers de cyprès chauves se tendent vers elle comme les bras décharnés de prédateurs affamés. Elle est seule, mais il a veillé à ce qu'elle se sente oppressée. Sous la panique, sa poitrine se soulève et s'abaisse ; elle laisse échapper un sanglot enfantin.

— Ne vous inquiétez pas, je suis un homme juste. Je vous accorde une généreuse avance. Surtout, profitez-en bien. Il se pourrait que vous viviez là vos dernières heures.

Emily tombe en avant, paralysée par la peur qui a saisi son système nerveux. L'espace d'une seconde, Jeremy pense qu'elle va craquer. Mais non. Elle prend une grande inspiration, ferme les yeux. Son visage retrouve une expression de calme. Du faisceau de la torche, elle se met à inspecter chaque centimètre carré de sa peau. *Maline ! Elle cherche des marques de piqûre.*

Elle repère quelque chose. La légère ecchymose sur son bras est sans doute un peu sensible. Elle comprend qu'elle a été droguée. Alors qu'elle baisse les yeux sur ses mocassins abîmés, un serpent si gros que Jeremy peut le voir à l'écran se faufile près de sa cheville. Elle pousse un cri. La canopée des arbres bloque le clair de lune et le chant incessant des criquets met ses nerfs à vif. Les sons influent sur les émotions plus que tout. Au loin, une chouette hulule ; Emily sursaute. Il approche de nouveau le micro de sa bouche.

— Il est temps de commencer. Mon conseil ? Courez !

Il marque une hésitation. Pas elle. Elle s'élance sans attendre. Trébuchant sur le sol inégal et les racines apparentes, elle court pour se mettre à l'abri. Soudain, un autre bruit fend l'obscurité, si puissant qu'elle doit se couvrir les oreilles.

Il a lancé la musique.

14

Wren utilise l'entrée de service pour rejoindre Leroux qui lui a donné rendez-vous au labo de la Criminelle. Ses talons claquent sur le sol tout juste rénové du couloir qu'elle longe d'un pas rapide.

L'inspecteur est au téléphone à son arrivée. Au sourire qu'elle aperçoit sur son visage derrière la vitre, elle devine qu'il s'agit d'un appel personnel ; il discute sans doute avec Andrew, son compagnon.

— Je suis vraiment désolé pour le lait. Je sais que tu détestes quand je remets la brique vide dans le frigo, reconnaît Leroux d'un air penaud.

La voix puissante d'Andrew jaillit du portable, si bien que Wren l'entend distinctement.

— John, c'est bon. Je comprends que cette affaire t'occupe l'esprit et t'épuise.

Il ne peut pas saisir l'étendue de ce que le métier de Leroux exige de lui, surtout ces derniers temps. Andrew est chef dans un grand restaurant de La Nouvelle-Orléans et s'il travaille sans compter ses heures, la pression qu'il subit n'est pas comparable à celle que John doit gérer. Les clients difficiles et les employés incompétents peuvent compliquer un service et lui valoir de mauvais commentaires sur Internet, mais être le témoin privilégié des horreurs que certains êtres humains infligent sciemment à d'autres marque une âme à l'encre indélébile. Il se montre toutefois d'une grande compréhension, et c'est ce qui compte.

— Oui, c'est une drôle d'affaire, et j'ai l'impression de ne pas être à la hauteur.

— Ce n'est pas le moment de broyer du noir. Tu dois te concentrer sur ton boulot.

Les paroles d'Andrew sont réconfortantes ; Wren voit les traits de Leroux s'adoucir.

— En plus, tu as une piste maintenant que tu as trouvé ce flyer.

— Oui, oui. Tu as raison.

— Cela étant dit, la prochaine fois que je n'aurai pas de lait pour mon café, je ne serai pas aussi indulgent, conclut Andrew d'un ton léger.

Wren pouffe dans sa main, et Leroux remarque enfin sa présence. Il bascule la conversation sur haut-parleur.

— Andrew, dis bonjour à Muller qui vient de me rejoindre.

— Salut, Wren ! crie Andrew dans le téléphone.

— Salut, Andrew ! Comment va mon chef louisianais préféré ?

Wren s'assied en souriant.

— Oh, tu sais. Je prends le monde culinaire d'assaut et je tiens mon copain cafardeux à distance.

Wren reporte son attention sur Leroux, qui lève les yeux au ciel. Il tourne le micro du portable vers lui.

— Très bien, assez discuté pour aujourd'hui. On se voit à la maison, Andrew.

— Il y a toujours un rabat-joie dans une soirée ! lance ce dernier avant de raccrocher.

Wren pivote sur sa chaise et observe la pièce.

— J'adore Andrew.

— Oui, il est formidable. Bon, si on s'y mettait ? Le prospectus. Je n'en reviens toujours pas ! Je t'assure, c'était le destin. Je l'ai aperçu dans le miroir !

Leroux est survolté, la fatigue et l'excitation brillent dans son regard.

— Le festival de jazz a lieu ce week-end. Et je suis sûr que les ornements, la couleur et le modèle de papier correspondent à celui découvert sur la scène de crime dans le marais.

— Je suppose que nous allons voir Ben pour confirmer ça ? dit Wren en se levant.

Ils rejoignent le technicien zélé assis devant la paillasse de laboratoire. Ben est grand et maigre, il porte des lunettes rondes en métal et il a la boule à zéro. Will, le coéquipier de Leroux, est déjà là. Il attend impatiemment, les mains dans les poches.

— Alors ? interroge Leroux sans préambule quand ils arrivent.

— Il s'agit bien du même papier. Les deux échantillons sont en fibres recyclées et ils présentent les mêmes caractéristiques et le même éclat.

Pour appuyer son propos, Ben aligne le bout de papier ramassé près du corps de la victime et le prospectus trouvé au bar. Leroux et Will affichent le même sourire fier que Ben. Wren interrompt leur moment de triomphe.

— À votre avis, il a déjà tué sa prochaine victime ?

— Impossible de le savoir avec certitude. Je ne crois pas que cet indice nous permette d'empêcher quoi que ce soit, mais il nous prévient de la suite, répond Leroux avec gravité.

— Un vrai tordu, celui-là, commente Wren, dépitée.

— Le retour du boucher du bayou, lance Ben avec désinvolture.

Wren sursaute, fixe les trois hommes tour à tour.

— Le boucher du bayou ? répète-t-elle.

Ben considère Wren et Leroux avec gêne, conscient de sauter aux conclusions un peu hâtivement.

— Tu sais, les méthodes barbares, les marais…, essaie-t-il d'expliquer.

Sans un mot, Wren se précipite dans le couloir. À la fontaine à eau, elle remplit un minuscule gobelet et boit lentement pour tenter de calmer son esprit en ébullition. Une fois qu'elle a retrouvé une contenance, elle rejoint les autres.

— Désolée, un besoin urgent d'hydratation.

Leroux l'interroge du regard, perplexe, et décide de la questionner plus tard.

— Bon, reprend-il avec professionnalisme. Nous avons un lieu et un horaire. Élaborons un plan. Le festival commence dans quelques heures à peine. Je vais informer le lieutenant et voir ce qu'il propose. Muller, tu nous accompagnes ?

— Je vous suis depuis le début, affirme-t-elle en franchissant la porte avec lui.

*
* *

Lorsqu'ils pénètrent dans l'atmosphère lourde du poste de police, où flotte une odeur de café rance et de frustration, Wren se réjouit soudain d'être sa propre cheffe au bureau du médecin légiste.

De prime abord, le lieutenant est un peu intimidant. Son physique même est menaçant : il a des bras épais, le crâne rasé et des yeux gris capables de mettre à terre n'importe qui. Avec son mètre quatre-vingt-dix, il est fait pour s'imposer à un poste de pouvoir. Pour l'heure, il étudie les documents et les rapports qu'on vient de lui remettre. Leroux et Will n'ont pas perdu une seconde pour annoncer le lien probant qu'ils venaient d'établir. Ils ont fait irruption dans son bureau, dans un brouillard de fatigue et d'adrénaline, et ont parlé de concert jusqu'à ce que leur patron exige le silence le temps d'examiner les éléments apportés. À présent, Leroux devine l'ébullition dans l'esprit du lieutenant tandis qu'il réfléchit au meilleur plan d'attaque.

— Donc, vous pensez qu'il nous indique l'endroit où il va déposer le cadavre de sa nouvelle victime ? déclare-t-il, en regardant à tour de rôle Leroux et Will assis en face de lui.

Il salue rapidement Wren d'un geste du menton. Leroux acquiesce et, les coudes sur les genoux, affirme :

— C'est exactement ce que je pense, oui.

— Est-ce qu'on demande l'annulation du festival ? Ce serait possible, même s'il ouvre bientôt ? interroge Will.

Le lieutenant répond par la négative puis se rencogne dans son siège.

— Hors de question. D'un point de vue technique, le festival a déjà commencé. Des centaines de personnes débarquent en ce moment même à La Nouvelle-Orléans.

— Il est fait spécifiquement mention des événements de 14 heures là-dessus, précise Leroux en désignant le prospectus.

— On a tout juste le temps de faire évacuer le public. On ignore ce qu'il prévoit, l'ampleur de son projet. Dans le meilleur des cas, il dépose un cadavre. Mais son plan pourrait être bien pire et plus dangereux, ajoute Will, inquiet.

— Une évacuation risque de causer un mouvement de foule, intervient Wren.

— Le Dr Muller a raison. Et ça pourrait le faire fuir. Si cet enfoiré compte agir pendant le festival, il remarquera que les lieux se vident prématurément. En plus, un déplacement en masse engendrerait le chaos et la panique. La ville est déjà sous tension. On ne veut pas que ses habitants soient chassés par un fantôme, déclare le lieutenant.

Il se frotte le menton puis examine le flyer. Il se lève pour faire le tour de son bureau.

— Constituons une équipe. Je veux tous les officiers disponibles. Appelons même en renfort les agents administratifs ! Le site du festival doit être bouclé, cerné par des cordons de policiers, aucun trou dans le filet. Personne ne fait un mouvement sans qu'on le sache.

Leroux se tourne vers Wren.

— Muller, tes assistants et toi, vous venez avec nous.

Le lieutenant approuve d'un hochement de tête.

— Tout à fait. Nous avons besoin de vous tous, dit-il à l'adresse de Wren.

— Entendu, je les préviens tout de suite, répond Wren en sortant déjà son téléphone.

Elle suit dans le couloir Leroux et Will qui passent de bureau en bureau pour rassembler les troupes. En un instant, l'atmosphère studieuse du commissariat vire à l'état d'urgence.

Tous se retrouvent dans une salle de réunion pour le briefing. L'effervescence est palpable, l'air, lourd d'adrénaline et de nervosité. La voix tonitruante du lieutenant, aussi tranchante qu'une machette.

— Voilà, commence-t-il en épinglant le prospectus du festival au tableau d'enquête déplacé au centre de la pièce.

Il se tourne pour faire face à ses hommes et reprend de sa voix autoritaire :

— Nous pensons que le meurtrier qui a abandonné ses victimes au marais des Sept Sœurs et au *Twelve Mile Limit* sera au festival de jazz aujourd'hui. Si l'on en croit les indices qu'il nous laisse, il prévoit de tuer à nouveau. Leroux, Broussard, à vous.

Après avoir échangé un regard nerveux, les deux coéquipiers s'approchent. À l'annonce de ces nouvelles, l'ambiance dans la salle commence à tourner à la cohue. Leroux déteste s'exprimer en public ; des rougeurs apparaissent déjà sur son cou. Tout comme Wren, il préfère la solitude des recherches et le travail de terrain individuel à l'immense pression subie quand il faut partager des informations essentielles avec un groupe. Leroux s'éclaircit la voix et esquisse un geste en direction du tableau.

— Nous avons trouvé une correspondance au morceau de papier découvert près du corps de la dernière victime. Si on se fonde sur ce qui nous apparaît comme un modèle récurrent sur les scènes de crime, il est très probable qu'un nouveau cadavre soit déposé sur le site du festival ou dans ses alentours.

Un jeune agent à l'air sceptique lève la main.

— Comment le coupable peut-il envisager de se débarrasser d'un corps au beau milieu d'un festival de cette envergure ? Il aurait gagné en confiance à ce point ? demande-t-il, les traits tirés dans un masque d'exaspération.

Will devance Leroux.

— Nous ne prétendons pas savoir exactement quel est son plan. Si nous le pouvions, nous aurions notre propre émission de télé et plus personne ne serait assassiné, lance-t-il avec sarcasme.

Quelques ricanements accueillent sa repartie et l'agent perturbateur se détourne, contrarié. Leroux acquiesce brièvement avant de se concentrer de nouveau sur la tâche à accomplir. Wren devine qu'il voudrait en remettre une couche. Elle aimerait qu'il le fasse.

— Nous savons seulement que les indices en notre possession tendent à prévenir d'un acte majeur durant le festival. Imaginer qu'il s'agisse d'une fausse alerte ou d'un canular n'est pas pertinent. C'est un risque que nous ne pouvons pas courir. Je pense que personne ne nous en voudra d'avoir sorti l'artillerie lourde au cas où, ajoute Leroux.

Tous dans la salle semblent approuver cette stratégie : il vaut mieux surréagir que mettre en danger la vie d'autres innocents. D'une voix profonde et grave, le lieutenant fait taire le brouhaha.

— C'est notre priorité à compter de maintenant. Pendant cet événement, tout le monde est aux aguets et ouvre l'œil. Celui que je surprends en train de jouer sur son portable, je le lui fais bouffer !

Nouvelle vague de rires étouffés. Qui se transforment en murmures anxieux quand Leroux et Will entreprennent d'expliquer le déroulé des opérations. Will sort un plan du site qu'il accroche au tableau.

— Il y a trois scènes. La principale et deux plus petites, annonce-t-il en les montrant sur la carte. De toute évidence, le plus gros de la foule va se rassembler dans ces secteurs ainsi que dans les espaces de restauration. C'est le propre de ce genre de festival d'écouter de la musique locale trop forte et de manger en même temps. La plupart des agents seront postés le long de ces zones de grande affluence, les autres arpenteront le reste du périmètre.

Leroux approuve d'un signe de tête, joint les mains et les porte à son menton.

— Chaque accès sera surveillé. Personne n'entre ni ne sort sans qu'on le sache, ajoute-t-il.

Wren lit le scepticisme sur certains visages ; elle sait que Leroux le voit aussi. Elle-même ne peut empêcher les questions de surgir dans son esprit. Ce tueur est-il à ce point audacieux ? Stupide ? Depuis qu'il a déposé le premier corps, il semble avoir une grande confiance en lui, au-dessus de la moyenne. Il n'est pas insensé de l'estimer capable de plus de témérité encore pour faire la démonstration de sa puissance. Toutefois, Wren se demande si le plan de Leroux et les bataillons de policiers seront d'une quelconque utilité aujourd'hui. Ce tueur est de ceux qui se fondent dans la masse. Personne ne change de trottoir en le voyant, on ne serre pas son sac contre soi quand on le croise. La noirceur de son âme ne se lit pas sur son visage. Si elle en croit le profil qui a été établi, il parvient à convaincre ses victimes de l'accompagner de leur plein gré. Il ne les enlève pas de force. Ce qui l'intéresse, c'est créer le chaos et l'observer de loin, pas y prendre part.

Wren scrute la salle et ses occupants avec un sentiment de malaise qu'elle n'éprouvait pas en arrivant.

15

Jeremy appuie sur une touche de son téléphone et pose le haut-parleur contre le micro. La playlist qu'il a préparée avec soin pour cette soirée transperce l'obscurité. Avec un sourire de pur plaisir, il sort de la remise qui abrite son matériel audio et s'accorde une seconde pour arroser son magnolia dont il caresse les délicats pétales blancs entre ses doigts. Il respire l'air frais de la nuit et bouge les épaules au rythme de la musique. *Suffragette City* de David Bowie traverse les hectares de marécages isolés. Une dernière fois, il vérifie son équipement : il effleure le Glock 22 rangé dans l'étui qu'il porte en ceinturon, tapote la poche latérale droite de son pantalon qui contient son couteau de chasse de quarante-trois centimètres à la lame dentelée et tire sur la bride du fusil dans son dos. Satisfait, il gagne d'un pas tranquille le couvert des arbres.

Enfant, sa famille étouffait son instinct curieux. Il n'était pas encouragé à approfondir les sujets qui le passionnaient. Son penchant pour l'exploration du fonctionnement interne des petits animaux qu'il étudiait en les disséquant mettait tout le monde mal à l'aise. Longtemps après la mort de son père, il en a voulu à sa mère qui s'échinait à l'empêcher d'atteindre son véritable potentiel. Mais désormais, elle n'est plus en capacité d'entraver sa curiosité et il est libre de jouer aussi longtemps qu'il le souhaite.

Ses autres invités l'ont-ils écouté quand il leur a ordonné de fuir ? À supposer qu'ils se déplacent et ne soient pas roulés en boule par terre, pétrifiés de peur, tous finiront sans doute par se rencontrer au cours de la nuit. Voilà qui pourrait compliquer les choses. Il n'aime pas le désordre, mais il l'accepte comme inévitable parfois. Tout en plongeant sous la mousse espagnole, il enfile ses lunettes à vision nocturne. Il enjambe les racines tordues et scrute les bois devant lui. Rien en vue. Il déverrouille son téléphone. Dans l'application sont regroupées les images des caméras de surveillance installées autour de la propriété ; sous son doigt, elles prennent vie. Il passe en revue les différents angles proposés jusqu'à trouver Emily.

La symphonie entêtante de la nuit se mêle aux basses appuyées de la chanson. Emily est adossée à un cyprès, elle se bouche les oreilles, le souffle court. Il l'observe en se demandant quelles pensées tournent dans sa tête. Elle scrute autour d'elle sans rien voir, craignant sans doute qu'il soit tout près. Au moment où il commence à se lasser du spectacle, elle se met en mouvement. Elle va lui donner du fil à retordre. Elle traverse à présent le terrain meuble en économisant au maximum sa torche électrique. Il doit la suivre sur les images d'une autre caméra. Face au défi qu'elle représente, il sent son pouls s'accélérer.

Soudain, elle s'arrête. Elle regarde sur sa gauche, éteint sa lampe et tend l'oreille pour percer la cacophonie des sons. Jeremy entend lui aussi ce qui l'a stoppée dans son élan. Le craquement d'une branche doit lui paraître à la fois très proche et à des kilomètres. Tout à coup, un faisceau lumineux est braqué sur elle.

— Qui êtes-vous ? demande la voix paniquée d'une femme plongée dans l'ombre.

Emily relâche son souffle, tout son corps tressaille.

— Emily. Je m'appelle Emily, bégaie-t-elle, sa main sur la poitrine pour calmer les battements de son cœur.

Elle plisse les paupières pour contrer la lumière agressive et le faisceau s'oriente alors vers le sol. Un soupir de soulagement lui parvient.

— Et vous, qui êtes-vous ? s'enquiert Emily.

Elle a rallumé sa baladeuse et éclaire l'invitée agaçante de Jeremy qui s'est accroupie, appuyée à un arbre d'une main recouverte de sang séché. Le regard d'Emily est attiré par cette croûte pourpre comme un papillon par une flamme.

— Katie, répond-elle les yeux fermés. Mais à quoi bon faire les présentations maintenant ? Il va nous tuer, de toute façon…

Elle se met à sangloter. *Pathétique.*

— Il ne va pas me tuer, rétorque Emily en secouant la tête.

Katie laisse échapper un ricanement sarcastique et se relève.

— C'est ça. Écoute, tu viens juste d'arriver. Nous, on est avec lui depuis des jours. Où est-ce qu'il t'a ramassée ?

Jeremy ne peut s'empêcher de sourire devant cette scène.

— Cal est mon binôme de biologie. Nous sommes à la fac ensemble.

Tout en parlant, elle observe autour d'elle, vigilante à l'extrême.

— Qui est Cal ? Il est ici avec nous, lui aussi ?

Le visage de Katie exprime à la fois toute sa confusion et sa contrariété. Jeremy éclate de rire.

— C'est lui qui est derrière tout ça, explique Emily, perplexe. Je croyais que tu avais passé des jours avec lui.

Jeremy est aux anges. Katie, elle, est agacée.

— Je ne sais pas qui est Cal. Le taré derrière tout ça s'appelle Jeremy.

— Si tu le dis. Bon, qui d'autre est là, alors ? Est-ce qu'ils sont plusieurs ? s'enquiert Emily, paniquée à cette idée.

— Mon ami Matt, soupire Katie. Il est quelque part par là. À moins que Jeremy ne l'ait déjà trouvé.

Emily prend une profonde inspiration et scrute les alentours en les balayant de sa lampe de poche.

— Très bien, Katie. Il faut qu'on bouge. Essayons de retrouver Matt.

L'intensité du faisceau que Katie braque au sol faiblit un peu. Emily le remarque.

— Tu ferais mieux d'éteindre ta lampe, lui conseille-t-elle.

Katie secoue la tête avec vigueur.

— Pas question. Je suis restée des jours dans une cave plongée dans l'obscurité. Je ne vais pas avancer dans le noir ici.

Emily se mord la lèvre et s'oblige à conserver son calme.

— Vu l'intensité de ta lumière, tu n'auras bientôt plus le choix.

Malgré ses efforts, sa voix est acerbe, son ton exaspéré. Katie pointe le faisceau sur son propre visage et hausse les épaules.

— Comme je l'ai dit, il ne nous laissera pas partir. Et je refuse de mourir dans le noir.

Emily abandonne et s'approche d'elle.

La chanson se termine. Les deux femmes lèvent la tête vers le ciel avec soulagement. Puis, tout aussi subitement, *Moondance* de Van Morrison prend le relais en beuglant. Elles sursautent puis se mettent en marche. Elles traversent d'un pas lourd les épais buissons, plongent sous la mousse espagnole visqueuse et s'enfoncent jusqu'aux chevilles dans le sol marécageux. Et pendant tout ce temps, Emily reste aux aguets en dépit des bruits entêtants du bayou et de la musique d'une jovialité écœurante.

— Qu'est-ce que c'était ?

Emily s'immobilise et tend le cou pour se concentrer.

Jeremy est en mouvement. Il se faufile lentement, en silence, et se dirige vers elles. Il reste à bonne distance pour ne pas être repéré, mais se tient suffisamment près pour observer la scène de ses propres yeux. Katie se fige puis braque sa lumière dans toutes les directions, au grand désespoir d'Emily.

— Matt ? appelle-t-elle d'une voix forte.

Emily attrape Katie et lui couvre la bouche de sa main en la pressant de se taire d'un ton agressif.

— Et si Cal t'entend ? souffle-t-elle avec dureté à son oreille.

Jeremy sourit. Il a l'impression d'assister à un spectacle. Il ne se doutait pas que ça se déroulerait aussi bien. Katie et Emily endossent leurs rôles à la perfection, comme de vraies comédiennes.

Katie repousse la main d'Emily et lui décoche un regard noir avant de baisser sa torche.

— Et si c'est Matt ? réplique-t-elle avec hargne.

Emily lève un doigt pour lui intimer une nouvelle fois le silence et tend l'oreille. Cliquetis familier du métal contre le métal. Jeremy entre en scène : il arme son fusil avec ostentation.

— À terre ! s'écrie Emily.

Elle se jette au sol en entraînant avec elle Katie qui s'affale en tas. Emily se protège machinalement la tête et Katie s'égosille d'une voix perçante, étalée dans la boue comme une poupée de chiffon. Au moment où elles touchent terre toutes les deux, le tir de Jeremy frappe l'arbre derrière elles, projetant des éclats d'écorce et des traînées de fumée.

Emily reconnaît ce bruit. Une fois, elle a raconté à Cal que lorsqu'elle était ado son père lui avait enseigné les différences entre les armes à feu. Elle n'a jamais ressenti l'envie ni le besoin d'en posséder une, mais ses connaissances lui sont restées.

— On se bat ou on s'enfuit, les filles. On se bat ou on s'enfuit, murmure Jeremy à part lui.

Le spectacle le fascine. De sa position, il perçoit leur peur. Comme une vague qui emporte tout, des embruns qui emplissent l'air des effluves de l'angoisse et du désespoir.

— Allez, Katie ! On y va !

Emily pousse Katie en avant, ventre à terre. Elle a choisi de s'enfuir. Katie gémit et progresse péniblement, les mains sur le crâne pour se protéger.

— Katie, il faut que tu la fermes et que tu bouges ! crache Emily avec colère.

Je savais qu'elle la détesterait. Jeremy ne les a pas mises ensemble sans raison et il se réjouit de l'animosité grandissante entre elles.

Katie refuse d'un signe de tête, en pleurs, paralysée par l'effroi.

— Je ne peux pas ! Je ne peux pas faire ça ! geint-elle.

Emily se rapproche de Katie, passe un bras autour de son cou et pose une main sur sa bouche. Sans un mot, elle commence à la tirer pour la faire avancer à vive allure. Jeremy les suit de près, sur le côté, savourant le pouvoir que lui procure le fait de les espionner sans qu'elles le sachent. Elles s'enfoncent dans le bois de plus en plus dense et, au bout d'un moment, elles font une pause. Emily est au bord de l'épuisement.

— On ne peut pas s'arrêter longtemps, annonce-t-elle le souffle court, les mains sur les hanches, tandis qu'elle scrute autour d'elle. Quand on ne se déplace pas, on est des cibles faciles.

— Où veux-tu qu'on aille ? s'écrie Katie, découragée, en levant les mains avant de les rabattre dans la vase. C'est nous sans arme contre un taré avec un flingue. On va tourner en rond comme des idiotes jusqu'à ce qu'il nous tire dessus du haut d'un arbre. On devrait plutôt rester ici et se planquer jusqu'au matin.

— C'est ça, ton plan ? Tu imagines vraiment qu'il va partir une fois le soleil levé ?

— Il a dit que nous devions juste lui échapper. C'est tout ce que nous avons à faire.

Emily n'est pas du genre à abandonner quelqu'un, même si la personne l'irrite au plus haut point. Jeremy sait qu'elle suit son propre code de valeurs.

— Tu crois franchement qu'il a dit la vérité ? Tu crois qu'un homme qui a la patience de te garder des jours dans une cave ou de sympathiser avec moi pendant des mois va renoncer à ses ambitions juste parce qu'on lui aura échappé quelques heures ?

Katie hausse les épaules. Emily chasse une araignée sur son bras du revers de la main et pousse un soupir.

— Tu ne veux pas retrouver ton ami ? Tu veux laisser Matt mourir tout seul ici ?

Jeremy est fasciné. L'instinct de survie d'Emily est si fort et pourtant, elle est prête à l'étouffer pour aider une inconnue en pleine crise de nerfs.

— Il est sûrement déjà mort.

— Eh bien, nous, nous n'allons pas mourir…

Emily ne termine pas sa phrase. Une branche a craqué. Des pas traînants se font entendre. Katie considère Emily avec terreur. Cette dernière se plaque contre le tronc derrière elle, retient son souffle et cherche désespérément à percer l'opacité alentour.

Ce n'est pas moi cette fois, les filles. Jeremy esquisse un petit sourire satisfait, dans l'attente du nouveau venu.

— Katie ! lance une voix d'homme étouffée au creux de l'obscurité.

Celle-ci se redresse et manipule sa lampe.

— Oh mon Dieu ! Matt ! s'exclame-t-elle sans y croire.

La lampe s'allume dans un cliquetis et le faisceau balaie les arbres. Un homme débraillé, dans des vêtements sales, se tient à six mètres devant elles. À sa vue, Katie rit de soulagement. Emily relâche son souffle et sort de sa cachette. Ils se précipitent les uns vers les autres, leur garde baissée. Jeremy n'a que du mépris pour leur stupidité. Il pointe son Glock sur l'endroit où ils vont se rencontrer.

— Je n'arrive pas à croire qu'on t'ait retrouvé !

Katie court vers Matt et le prend dans ses bras ; il grimace de douleur.

— Je ne pensais pas pouvoir marcher avec ce genou. Ça doit être l'adrénaline qui m'a donné des forces.

Emily regarde le genou droit de Matt, couvert d'une épaisse croûte de sang séché et de boue encore fraîche.

Ses yeux expriment toute la terreur qu'elle ressent. Une expression soudain amplifiée par la détonation qui semble provenir de nulle part. Une balle transperce la tempe de Matt. Une giclée de sang éclabousse Katie au visage. Puis il tombe à terre comme un oiseau fauché en plein vol, et Katie pousse un hurlement. Avant que celle-ci ne mesure toute l'horreur de la scène, Emily l'attrape par le bras et se remet à cavaler en la tirant.

— Bonne chance, mesdames et… Eh bien, seulement mesdames à présent, dit Jeremy, un rictus aux lèvres, en rangeant son pistolet dans son étui.

16

Avec la même soudaineté qu'une hémorragie, Wren perçoit l'odeur. Elle est subtile. Tellement subtile qu'elle se demande s'il ne s'agit pas d'une hallucination olfactive, la conséquence de ses nombreuses heures passées à la morgue. Celui qui n'a pas l'habitude pourrait confondre cette puanteur avec les relents d'une mauvaise cuisine de festival ou d'une expérience culinaire qui aurait mal tourné. Wren, elle, reconnaît les émanations caractéristiques d'un corps en décomposition en pleine chaleur.

Au début, l'odeur rappelle celle d'un oignon pourri. Et dès qu'on commence à la trouver supportable, elle change et évoque le mélange d'odeurs de cuisine écœurant qui se forme parfois dans les immeubles où chaque habitant prépare un plat différent. Les effluves et les saveurs fusionnent en un amalgame infect. Qui s'alourdit et s'intensifie de minute en minute. Les différentes couches rances jaillissent comme des micro-araignées lors de l'éclosion de leur sac d'œufs ; et elles attaquent. C'est une agression physique des sens. Libéré, le parfum de la mort est féroce.

Une assistante du service médico-légal se tient près de Wren, la nervosité la fait jacasser comme une pie.

— Même s'il y a des policiers partout, je ne suis pas rassurée. Je préfère être honnête avec vous. Ça paraît complètement fou, maintenant qu'on est là. Les chiens renifleurs d'explosifs ont été déployés, n'est-ce pas ? demande-t-elle d'une voix trop forte.

— Il faut arrêter de mentionner la police à tout bout de champ, ordonne Wren, tout bas. Tout l'intérêt de cette opération est d'éviter la panique, pas de la causer.

— Je sais, pardon.

— Vous devez garder votre sang-froid. La situation pourrait s'emballer et vous ne me servirez à rien si vous perdez vos moyens.

— Oui, bien sûr. Je suis prête.

L'espace d'un instant, Wren redoute de s'être montrée trop dure avec elle.

— C'est normal d'avoir peur. Moi aussi, je suis nerveuse. Mais il faut ignorer ces sentiments et accomplir notre tâche. Bon, maintenant, dites-moi si vous sentez quelque chose de particulier ?

La jeune femme hume l'air, ses yeux s'écarquillent.

— Est-ce que c'est… ?

— Oui, confirme Wren.

— Mince, alors !

— Pas de panique. Agissons en bonne intelligence.

Wren cherche Leroux et croise son regard à travers la foule dense. Malgré ses efforts pour passer inaperçu, il est facilement repérable dans son costume impeccablement repassé.

— Restez calme et suivez-moi.

Accompagnée de la jeune assistante, Wren fend l'océan de festivaliers.

— Qu'est-ce que tu manges ? demande une femme en tendant le cou pour examiner le contenu de l'assiette en carton de son compagnon.

Celui-ci répond d'un haussement d'épaules puis éloigne son plat, sur la défensive.

— Une sorte de poulet au bourbon avec du riz. Je ne sais pas. Pourquoi ?

— Ça sent le pourri, dit-elle en fronçant le nez.

— Pas du tout, ça sent la sauce au bourbon ! affirme-t-il avant de lui coller l'assiette sous le nez.

Wren, qui poursuit son chemin, n'entend pas la fin de la discussion. Autour d'elle, les festivaliers commencent à remarquer l'odeur de putréfaction qui flotte dans l'air. Elle passe près d'un joueur de trompette, qui souffle ses notes joyeuses telle une brume rafraîchissante. Certains se sont mis à danser autour de lui. Ils tournoient en riant comme seuls ceux qui vivent un moment de pure insouciance peuvent le faire. Mais Wren sait que derrière la légèreté et le brillant de cette scène, il y a la pourriture. Elle chasse cette pensée d'un battement de cils et rejoint Leroux. La tête tournée de côté pour étouffer ses paroles, elle annonce sans préambule :

— On se rapproche. Je suis sûre que tu le sens aussi.

Il acquiesce et scrute la foule. Ensemble, ils se mettent en quête de la source de l'odeur, examinant les alentours. L'assistante les suit à quelques pas de distance en feignant de consulter son téléphone. Leroux, qui d'ordinaire démontre un sang-froid à toute épreuve, semble agité. Deviner cette fissure dans l'armure de son collègue terrifie Wren. Prenant une grande inspiration, elle s'oblige à se concentrer.

— On dirait que tes yeux vont sortir de leur orbite. Calme-toi, l'avertit-elle.

Leroux lui décoche un regard sévère. Surprise et blessée, elle tente une nouvelle approche.

— Il faut chercher des mouches.

— Des mouches dans un festival, en plein été, en Louisiane ? Bien sûr !

— Dois-je te faire un cours sur la ténacité et la discipline des mouches bleues ?

— Certainement pas. J'ai compris. Nous cherchons un secteur où elles grouillent, termine Leroux.

Elle hoche la tête puis reporte son attention sur les fêtards qu'elle passe en revue en essayant de noter tout ce qu'elle voit. Ils approchent d'une des petites scènes, qui n'est petite qu'en comparaison de l'immense scène principale. Le support en bois est tordu, abîmé, et sa couleur passée après plusieurs étés à cuire au soleil. Là, un ensemble de jazz plein d'entrain joue et se dandine sur le parquet. La musique s'emballe jusqu'à enfler en déferlante de notes improvisées. Le soleil d'après-midi se réfléchit sur les instruments levés vers le ciel, il fait étinceler comme de l'or les trompettes et les saxophones.

Au fond de la scène, sur la gauche, Wren, qui a atteint les barrières métalliques de sécurité, distingue un petit nuage noir. Surtout, de si près, elle l'entend. La nuée bourdonne comme un champ de fleurs sauvages au printemps. Mais ce ne sont pas des abeilles pollinisatrices qui s'activent. Ces insectes-ci sont attirés par un parfum bien moins sucré, ils préfèrent le bouquet putride de la chair en décomposition.

Les yeux rivés sur les allées et venues des mouches entre les planches de bois, elle attrape Leroux par un pan de son tee-shirt pour le prévenir.

— Là-bas, regarde.

Il examine avec attention la direction qu'elle lui indique, lâche un hoquet de stupeur quand il comprend.

— Suis-moi.

Il se fraie un chemin, Wren sur les talons, jusqu'à un agent de sécurité assis sur un tabouret haut en bois, une jambe posée sur le barreau. Il balance distraitement la tête au rythme de la musique.

— Police de La Nouvelle-Orléans, annonce Leroux, en se penchant à l'oreille du vigile.

Il ouvre sa veste pour dévoiler discrètement son badge. L'homme acquiesce d'un hochement du menton.

— Nous devons examiner la zone autour de la scène, explique Leroux en jetant un œil par-dessus son épaule. Et nous préférerions éviter de créer la panique dans le public. Peut-on compter sur votre aide, agent… ?

— Blum, répond celui-ci après s'être raclé la gorge.

Il se redresse sur son tabouret, passe une main sur sa mâchoire recouverte d'une barbe de quelques jours, la repose sur sa cuisse.

— Pas de problème, inspecteur. Vous pouvez y aller. Je reste ici pour surveiller.

Leroux le remercie d'une tape sur l'épaule.

— Allez, viens, Muller.

Accompagné de Wren et de la jeune technicienne, il franchit la barrière et se dirige sans attendre à gauche de la scène. L'odeur est insoutenable ici. À mesure qu'ils approchent de la nuée de mouches, l'air devient de plus en plus épais et brumeux. Ils ont l'impression de pénétrer dans une autre dimension, où n'existent que la mort et la putréfaction. Wren se met à genoux et inspecte le vide sous la scène, entre deux lames de bois pourries. L'espace est sombre et, une fois que son regard s'est acclimaté à cette brusque obscurité, elle parvient à distinguer une forme. Immobile, avachie, presque pile au centre sous la scène. C'est là que se rassemblent les mouches.

— Il y a moyen d'aller dessous ? demande Wren lorsqu'elle se relève en ravalant un haut-le-cœur.

— Il me semble qu'il y a une trappe derrière.

Ensemble, ils contournent l'estrade. Pendant que Leroux s'accroupit et ouvre le verrou, Wren sort sa petite lampe de sa poche et l'allume. Le faisceau fend l'obscurité et bute contre la forme inanimée : le corps tordu d'une femme d'une vingtaine d'années. Elle est allongée sur le ventre, les bras écartés devant elle comme en chute libre. Wren repère aussitôt la bouillie de chair et d'os en lieu et place de sa rotule droite. Elle fait courir sa lumière des pieds à la tête et retient un hoquet de stupeur quand les yeux à moitié ouverts de la femme étincellent comme ceux d'un démon. Ils la fixent sans la voir. Sa figure est sale, recouverte de terre, de sang et de crasse. Wren éteint sa lampe et s'accorde une seconde pour se ressaisir.

— C'est ce que nous pensions. Et ce n'est pas beau à voir, déclare-t-elle.

Elle entend le juron que lâche Leroux entre ses dents.

— Malheureusement, reprend-elle, il va falloir que je m'approche.

Leroux s'éponge le front du revers de la main.

— Tu n'envisages pas sérieusement de ramper là-dessous, quand même ?

— Pas jusqu'au bout, mais si je pouvais l'examiner d'un peu plus près, je saurais à quoi nous avons affaire exactement. J'ai l'impression qu'elle tient quelque chose dans sa main droite.

Wren refait le tour de la scène par le côté gauche, à la recherche d'un point d'entrée à proximité de leur victime. Puis elle s'arrête et donne un coup de pied dans le bois. La planche se fend et s'effrite. Elle se tourne vers son collègue, l'air satisfait.

— J'ai trouvé un accès.

Leroux la rejoint et l'aide à retirer les morceaux de bois pourri. Une ouverture commence à apparaître. Il éclaire l'intérieur avec la lampe de son téléphone.

— Tu es sûre de ton coup, Muller ?

Elle hoche la tête avec assurance puis remonte ses cheveux en chignon. De la poche arrière de son pantalon, elle sort une paire de gants en latex qu'elle enfile.

— Affirmatif. Tant que tu me couvres.

Elle coince sa lampe entre ses dents et s'enfonce tête la première dans l'obscurité. Au-dessus d'elle, le concert de jazz bat son plein. Elle avance lentement dans cet espace confiné et oppressant où elle a tout juste la place de s'accroupir, en équilibre. Jugeant cette position inconfortable, elle décide finalement de ramper et sent alors toutes les aspérités du sol inégal et les cailloux qui lui écorchent les genoux. Arrivée près du cadavre, elle est frappée de plein fouet par la barbarie dont a été victime cette jeune femme. Celle-ci présente de nombreuses contusions, entailles et plaies sur tout le corps, dont une profonde lacération autour de la gorge. Ses cheveux bruns, bouclés, sont collés à son visage et son cou par du sang.

— Mon Dieu ! laisse échapper Wren.

Ses paroles sont étouffées par la lampe qu'elle serre toujours entre ses dents. À l'extérieur, Leroux attend avec impatience, les yeux plissés pour tenter de distinguer la boucherie.

— J'imagine que c'est moche, là-dedans ? lance-t-il avec un soupir.

Wren secoue la tête de dépit, elle se tourne un peu pour lui répondre.

— C'est vraiment sadique, Leroux. C'est le pire qu'on ait vu.

— Merde. J'ai tellement hâte qu'on chope cet enfoiré.

Wren reporte son attention sur le corps brutalisé. Elle examine la main droite, tendue comme si elle cherchait à jamais à atteindre une chose hors de sa portée. Les doigts sont enroulés autour d'un papier. Wren entreprend avec délicatesse de les desserrer malgré leur raideur. Grâce à ses efforts, elle découvre une carte avec des tracés et des symboles. Des concessions funéraires sont numérotées et une légende répertorie les occupants de tombeaux notoires.

Wren déplie la carte. C'est un plan du cimetière Saint-Louis n° 1, le genre qu'on remet aux touristes venus visiter le célèbre cimetière et admirer les sépultures. Celui-ci est très détaillé, même les arbres qui séparent les allées principales de celles qui bordent la Cité des Morts sont représentés. Wren l'étudie avec soin, en quête de ce qui ne devrait pas s'y trouver, d'un indice qui expliquerait sa présence dans la main rigide d'une femme morte. Au milieu des tombes, presque au centre de la carte, elle repère une petite croix rouge.

— Qu'est-ce que tu as trouvé ? l'interroge Leroux depuis l'ouverture, alors que d'autres agents se tiennent maintenant à quelques pas de lui, sur le qui-vive.

— Un plan du cimetière Saint-Louis n° 1 avec une tombe marquée d'une croix.

— Merde. Bon, reviens ici. Il va falloir la sortir et limiter les dégâts maintenant.

Wren acquiesce et glisse le plan dans un sac de scellés qu'elle a pris dans sa poche. Elle observe une dernière fois le corps violenté et aperçoit autre chose. Au poignet gauche, la victime porte une montre connectée dont le bracelet est d'un blanc immaculé. Elle est toute neuve, pas du tout usée comme le reste de ses affaires. Il est impossible que cette montre se soit trouvée au poignet de la femme au moment de sa mort.

— Muller, on y va ! s'écrie Leroux avec impatience.

Dans ses yeux, elle peut lire toutes les interrogations qui l'assaillent. Il réfléchit déjà à leur prochaine opération, en véritable flic aguerri. Mais malgré le nuage de doute et de frustration qu'elle devine dans l'expression de Leroux, son propre instinct et son opiniâtreté l'emportent.

— Oui, John. J'ai compris. Juste une seconde.

De sa main gantée, elle tapote l'écran de la montre. Une lumière verte emplit soudain le vide sous la scène. Un code à quatre chiffres est exigé pour la déverrouiller.

— Apporte-moi ce plan, Muller ! aboie Leroux. Allons-y !

Elle ignore l'ordre de son collègue et balaie du regard l'espace qui, s'il lui paraissait asphyxiant quelques instants plus tôt, ne lui semble maintenant plus que vide et sépulcral. Elle braque le faisceau de sa lampe autour du corps en quête d'un nouvel élément, mais ne discerne que de la poussière et des insectes.

— Je pensais avoir vu quelque chose…, capitule-t-elle en poussant un soupir.

Elle s'empare du sac de scellés contenant la carte et regagne péniblement la sortie. Lorsqu'elle le tend à Leroux, ses yeux se posent sur la petite croix.

— Attends, tu veux bien me lire le numéro de la tombe qui est mise en évidence ?

Leroux ne dissimule pas son exaspération devant cette demande, mais s'exécute. Il lisse le plastique du sac pour déchiffrer le numéro à travers.

— C'est écrit en tout petit. 150… 3. Qu'est-ce que c'est ?

— 1503, 1503, répète Wren qui retourne en rampant vers le cadavre.

Elle tape les quatre chiffres sur la montre, éprouve une légère appréhension au moment d'entrer le dernier, et retient son souffle. L'écran s'anime ; la page d'accueil ne révèle qu'une seule application : l'alarme.

— Wren !

Leroux est agacé. Wren tente de calmer les battements de son cœur qui cogne dans sa poitrine.

— On y va ou bien ? Dis-moi ce qu'il y a avant de faire quoi que ce soit !

— J'ai trouvé quelque chose, John, finit-elle par répondre de là où elle est. La victime porte une montre connectée toute neuve au poignet, un objet qui détonne complètement avec le reste. De toute évidence, elle a été placée là après sa mort. Le numéro de la tombe, c'est le code pour la déverrouiller. Et je vois maintenant qu'il n'y a qu'une seule application dessus : l'alarme.

Wren se tait ; Leroux reste bouche bée. Il se frotte les yeux avant de tendre le sac de scellés à un autre officier.

— Elle doit sonner dans combien de temps ?

Wren vérifie sur l'écran. L'alarme est prévue à 14 heures.

— Dans quarante-cinq minutes.

— Il faut qu'on bouge. Landry, Cormier et Fox, vous êtes avec Will. Partez devant et faites évacuer le cimetière. Je vous suis avec Muller.

Le visage rougi, il se tourne vers Wren.

— Allez, sors de là maintenant, on y va.

Revenue à l'air libre, Wren fait signe à son assistante de la rejoindre.

— Appelez le bureau ; on a besoin de brancardiers, ici.

La jeune femme s'empresse de prendre son téléphone. Wren, elle, retire sa paire de gants et époussette ses genoux avant d'emboîter le pas à Leroux. Ensemble, ils traversent la foule qui s'est formée le long du périmètre sécurisé. Les badauds affichent des expressions de terreur, de confusion et de curiosité malsaine. Ils conversent à voix basse et tendent le cou pour essayer d'apercevoir un bout du spectacle. Au loin, la musique continue de jouer, mais le groupe de jazz sur cette scène a coupé court à sa représentation. Wren ne s'en était même pas rendu compte.

17

Lorsqu'il voit la balle tirée de son Glock toucher sa cible, un sentiment de satisfaction intense et indescriptible emplit Jeremy. Il aurait pu sans problème tuer Emily et Katie aussi, mais il n'a pas encore fini de jouer avec elles. C'est un plat trop délicieux pour ne pas être savouré morceau par morceau.

Il observe les deux femmes qui courent sans but à travers la propriété verdoyante. Jeremy les garde dans sa ligne de mire et leur laisse croire qu'elles mettent une distance de sécurité entre elles et lui. Katie essuie la cervelle de Matt sur son visage en même temps qu'elle chancelle et trébuche. Cette fille est une idiote, et Matt était un homme des cavernes. Heureusement, Emily au moins est une battante. Elle remonte le niveau du challenge.

Le faisceau d'une de leurs lampes, qui s'agitent entre les buissons, faiblit. Et s'éteint. *Plus qu'une seule torche.* Il sourit et accélère le pas tandis que *(Don't Fear) The Reaper* de Blue Öyster Cult démarre. Il cale son allure sur les basses du morceau. La grande Faucheuse dont il parle, c'est lui, ce soir.

Katie pleure à gros sanglots, et sa voix monte dans les aigus à la manière d'un lièvre qui fait soudain face à un prédateur assoiffé de sang. Jeremy consulte sa montre, satisfait. Voilà quelques heures maintenant que la partie a débuté. Il regarde Katie avancer de plus en plus péniblement, elle lève la jambe droite plus haut que nécessaire pour marcher, et il comprend que la drogue commence à faire effet. L'euphorie le gagne quand il se rend compte que son expérience est une réussite.

Il a trouvé l'inspiration en lisant des articles sur l'empoisonnement des tonics pendant la prohibition. Dans le Sud profond, au début des années 1930, quelques brillants esprits ont créé un tonic au gingembre, surnommé le « Jake », capable de duper les contrôles sévères du département de la justice américain. Avec l'aide involontaire d'un professeur du MIT, ils ont inventé une formule à base de phosphate de tricrésyle grâce à laquelle ils pouvaient tromper les analyses sans altérer le goût. Le problème, c'était qu'après s'être envoyé cette recette révolutionnaire d'alcool de contrebande, des centaines de buveurs se sont mis à marcher avec les jambes raides et les orteils tout recroquevillés. Cette épidémie de paralysie, devenue célèbre sous le nom de « *jake leg* », la patte folle, a permis aux scientifiques de déterminer, trop tard, que le phosphate de tricrésyle est en réalité une neurotoxine dangereuse qui entraîne la mort des cellules nerveuses et endommage la gaine de myéline – celle-là même qui est nécessaire à nombre de mouvements musculaires vitaux. Ingéré en grande quantité, le produit chimique peut provoquer des douleurs gastro-intestinales et une paralysie partielle des membres. Katie, qui en a reçu une dose quotidienne cette semaine, semble présenter un cas typique de patte folle. À point nommé.

Elle explique en hurlant à Emily que sa jambe est engourdie. Jeremy voit cette dernière se démener pour la convaincre de continuer à avancer. Il regarde avec délectation Katie s'affaler et se rouler en boule dans la vase. Il s'approche. Emily réfléchit à la meilleure stratégie, elle scrute le bois qu'elle balaie du faisceau de sa lampe alors que Katie gémit et hoquette. Elle tente de la relever en passant le bras autour de sa taille.

Emily est prête à l'abandonner, Jeremy le sent. L'instinct de survie l'emportera. Il arme son fusil et place le viseur à hauteur d'yeux. Elles ont entendu le cliquetis du chien, tout près, et Emily essaie de nouveau d'entraîner Katie avec elle. Il presse la détente, et atteint sa cible sans difficulté. Katie pousse un cri de douleur fulgurant au moment où la balle explose sa rotule droite, faisant gicler une bouillie de chair et d'os. Elle s'effondre sous le poids de son propre corps et s'étale sur le sol spongieux dans un claquement. Le choix d'Emily est sans appel. Elle prend la fuite.

Jeremy repasse le fusil dans son dos et sort le couteau Bowie de son étui en se dirigeant à grands pas vers Katie et ses pitoyables pleurs. Tel un spectre, il apparaît devant elle. Les yeux de la jeune femme sont emplis d'effroi. Un rictus aux lèvres, il s'accroupit près d'elle, repousse une mèche derrière son oreille.

— Chut, murmure-t-il.

Il attrape une poignée de ses cheveux et lui tire la tête en arrière avant de passer lentement la lame sur sa gorge. Il la tient ainsi un moment, la regarde crachoter et lutter jusqu'à ce que son corps devienne tout mou. Jeremy ferme les paupières et écoute la musique, tant la symphonie naturelle du bayou que le morceau enregistré qui hurle à travers les enceintes. Il laisse retomber la tête de Katie dans la boue puis étire sa nuque dans un craquement.

À Emily maintenant.

18

— Ici le Dr Wren Muller, du bureau du médecin légiste. Il nous faut une ambulance au 425, Basin Street.

Wren fouille dans son sac, son portable coincé sur l'épaule. Le temps presse ; Leroux se fraie un chemin dans la circulation pour rejoindre au plus vite leur destination. Ils ont peut-être encore une chance de sauver une victime.

— Oui, c'est le cimetière Saint-Louis n° 1. Urgence médicale possible. Retrouvez-nous à l'entrée, nous devrions y être dans…

Elle s'interrompt et consulte l'horloge du tableau de bord.

— Dans huit minutes. Merci.

Elle abandonne le téléphone sur le siège et enfile une paire de gants neufs. Son visage exprime un mélange de calme et de détermination. Des mèches s'échappent de son chignon niché au sommet de son crâne. Elles tombent sur son front et sur ses joues mouchetées de saletés après l'expédition sous la scène.

Le paysage de La Nouvelle-Orléans défile par la vitre tandis que Leroux klaxonne avec agressivité le véhicule devant eux. Tous les conducteurs qui ne s'écartent pas assez vite de leur chemin malgré la sirène deviennent la cible d'une flopée de jurons. Ses doigts sont crispés sur le volant. Il n'a rien de l'inspecteur blasé des films policiers à succès.

— Tu penses que c'est un piège, Muller ? finit-il par demander, d'un ton mesuré et réfléchi.

Le coude appuyé contre la vitre, la tête posée sur sa main, Wren pousse un soupir.

— J'espère que non. Quoi qu'il en soit, nous devons agir comme si ça n'en était pas un. Quelle que soit la situation, nous sommes préparés.

Leroux approuve d'un mouvement de menton presque imperceptible. Wren se redresse et ajoute, le sourire au coin des lèvres :

— En plus, Will et son équipe de jeunots seront là pour assurer nos arrières.

Leroux ricane doucement.

— Ses jeunots, répète-t-il en secouant la tête. Allons, Muller, ce sont peut-être des bleus, mais ils ont quitté le nid depuis plus longtemps que ça.

— Je sais, je plaisante. Si je n'avais pas foi en leurs capacités, je ne remettrais pas ma sécurité entre leurs mains.

Leroux prend une expression grave.

— Ce qui m'inquiète, c'est que le tueur soit dans les parages, qu'il nous observe pendant qu'on arpente le cimetière en gobant les miettes empoisonnées qu'il nous a laissées.

Leroux tourne à droite sur Basin Street. L'angle de la rue bourdonne de touristes et d'habitants du quartier. Trois femmes sortent d'un studio de yoga et se dirigent vers la terrasse d'un café. Nombreux sont ceux qui profitent de cette belle journée en Louisiane pour déjeuner à l'extérieur, se promener, pique-niquer… Tout ça alors qu'à proximité, quelqu'un lutte peut-être pour rester en vie.

Ils atteignent l'entrée du cimetière, flanquée de palmiers élancés qui narguent le haut mur blanc qui l'entoure. Leur tronc ploie sous la légère brise et leurs feuilles frémissent, comme pour souhaiter la bienvenue aux visiteurs dans cette attraction incongrue ; des visiteurs qui n'ont aucune conscience des horreurs qui les attendent à l'intérieur.

— Je redoute la même chose, répond Wren. Mais nous n'avons pas d'autre choix que d'essayer. Je prie pour que les ambulanciers aient plus de travail que moi cet après-midi.

19

Emily dévale le terrain qui lui est étranger sans que ses pieds touchent le sol ou presque, guidée uniquement par le faisceau tremblotant de la lampe. Elle a fait exactement ce que Jeremy espérait. Elle a abandonné Katie et privilégié sa propre survie.

Il peut sentir la terreur soudaine qui la submerge. Elle court aussi vite qu'elle le peut, mais le sol marécageux avale chacun de ses pas avec un bruit de succion écœurant et la contraint à dépenser plus d'énergie qu'elle n'en a. Le bayou œuvre avec Jeremy, il l'aide à réaliser sa vision ultime. L'environnement est dans son camp à lui. Et plus important, il joue contre elle.

Emily s'arrête, s'abrite dans le creux d'un arbre. De la terre et des bestioles tombent en cascade sur ses épaules quand elle s'appuie contre la mousse du tronc imposant. *Croit-elle être discrète ?* se demande-t-il. Il perçoit sa respiration, rapide et courte. Il hume sa peur qui flotte dans l'air. Il ne peut patienter plus longtemps.

— Emily !

Sa voix fend la nuit comme un coup de tonnerre.

— Emily ! C'est Cal.

Tout son corps se crispe, elle tente de retenir le sanglot qui monte dans sa gorge. Il l'entend qui se transforme en gémissement étranglé.

— Il semblerait qu'il ne reste plus que toi, crie-t-il en riant. Tu as repéré les lieux, ça y est ?

Il s'approche en faisant volontairement du bruit dans les buissons. C'est son apogée.

— Sais-tu au moins dans quelle direction tu t'enfuis ? s'esclaffe-t-il. Je ne voudrais pas te décourager. Vas-y, cours, petit lièvre, cours !

Dans un geste théâtral improvisé, il tire un coup de feu en l'air. Emily s'élance aussitôt. Elle traverse en courant un ruisseau, envoie des giclées d'eau autour d'elle tout en s'enfonçant dans la vase qui engloutit ses chaussures. Elle continue pieds nus et bondit à travers un fourré. Les épines lui égratignent les jambes, les bras, le visage, mais elle ne s'arrête pas. Lui aussi court maintenant, réduit la distance qui le sépare d'elle. Elle zigzague pour éviter le sort funeste de Matt et de Katie.

Soudain, telle une oasis dans le désert, il apparaît : le grillage qui trace le périmètre de la propriété. Une clôture métallique qui délimite le royaume de Jeremy, avec, de l'autre côté, la liberté. Elle fait seulement un mètre quatre-vingts de hauteur et tout ce dont Emily a besoin pour la franchir, c'est un peu d'élan. Elle marque un bref arrêt puis s'élance comme une flèche, fonce sur le grillage, pose les orteils du pied droit et les doigts sur les maillons.

D'un seul coup, le choc. Une secousse électrique irradie chaque cellule de son corps qui se raidit et convulse avant d'être rejeté en arrière, dans le vide cauchemardesque.

— Je suis un peu vexé que tu n'aies pas envisagé que le grillage soit électrifié, déclare Jeremy d'un ton condescendant en sortant de derrière un arbre pour se pencher au-dessus d'elle.

Elle crache du sang, à moitié consciente. Elle se tourne sur le côté et tente de s'éloigner en rampant. Elle agrippe avec désespoir la mousse et la terre, se raccrochant à ce qu'elle peut pour l'aider. Elle n'a pas de plan. Sa seule préoccupation est de mettre autant de distance que possible entre le monstre qui la pourchasse et elle. Jeremy la suit d'un pas tranquille, il sort le couteau Bowie de son étui et s'agenouille près d'elle. Il passe le bras autour de son cou, la met de force à genoux.

Sans un mot, tout en l'immobilisant avec une clé d'étranglement, il écarte sa paupière droite avec son index et son pouce et fait tomber deux gouttes dans son œil. Avant qu'elle ne puisse réagir, il répète l'opération dans l'autre.

— Arrête ! Qu'est-ce que c'est ? hurle-t-elle en se débattant.

— Du tropicamide, répond-il avant d'ajouter une goutte dans chaque œil. Tu as déjà fait un examen de la rétine, Emily ? On a la vision trouble pendant plusieurs heures et il est recommandé de ne pas conduire.

Il lui adresse un grand sourire : il sait qu'elle peut encore voir l'expression de son visage, même un peu floue. Elle cille pour tenter de faire le point, en vain.

— Tu connais la maxime « La C5, tu restes en vie » ? demande-t-il en plongeant son regard dans le sien.

— Laisse-moi partir, s'il te plaît. Je ne dirai rien à personne si tu me laisses partir, implore-t-elle.

L'instinct de survie qui l'a menée jusqu'ici se transforme en supplication. Jeremy pose son front contre le sien.

— Ne m'interromps pas, ordonne-t-il avant de lui décocher un clin d'œil et de s'écarter. Tu vois, si on sectionne la moelle épinière au-dessus de la vertèbre cervicale C5, il y a de fortes chances que la personne n'en réchappe pas. Pourquoi ?

Il chasse distraitement un insecte posé sur l'épaule d'Emily et attend sa réponse.

— Arrête, c'est tout ! S'il te plaît !

Les traits de Jeremy se tordent en un masque de dégoût.

— Rien ? Tu es étudiante en deuxième année de médecine et tu sèches sur une question d'anatomie toute bête ?

Emily ferme les yeux.

— S'il te plaît, murmure-t-elle encore une fois.

Il ignore sa requête et poursuit :

— La C1 et la C4 entourent le nerf responsable des mouvements du diaphragme, qui permettent de respirer.

Il pose la pointe de sa lame sous son thorax quand il prononce ces paroles.

— Si cette zone de la moelle épinière est sectionnée, alors tu t'asphyxies et tu meurs. La C4, tu y passes.

— Pourquoi tu me racontes ça ? demande-t-elle, paniquée.

— Je ne vais pas te faire ça, détends-toi. Qu'est-ce que tu crois ? Que je suis un monstre ?

Il approche de nouveau son visage de celui d'Emily puis observe son couteau, le tourne dans sa main. Elle le fixe, elle aussi, sous le clair de lune qui se reflète sur la lame. Là encore, le bayou coopère avec lui pour accomplir son dessein. Il met son œuvre sous le feu des projecteurs. Une douleur fulgurante traverse le bas du dos d'Emily. Elle n'éprouve qu'une sensation cuisante lorsqu'elle comprend trop tard qu'il y a plongé sa lame.

— Si je sectionne la moelle épinière n'importe où sur la colonne sous la C5, tu as des chances de vivre. Mais tu risques aussi d'être paralysée en dessous de cette vertèbre, explique-t-il en tapotant la jambe d'Emily. J'ai choisi la région des lombaires.

Emily attrape Jeremy par le tee-shirt et tord le tissu noir dans sa main, le regard fou.

— C'est sympa comme moyen mnémotechnique, hein ?

Dans un sourire, il retire le couteau d'un geste leste.

20

Les sombres secrets du passé conservés entre les murs blancs du cimetière Saint-Louis n° 1 sont ravivés par les horreurs du présent. Wren imagine des rangées de défunts en train d'observer le monstre à l'œuvre. Il a fait de chacun d'eux le témoin involontaire de ses crimes au sein de cette cité sacrée.

La sirène d'une ambulance en approche résonne dans les rues. Leroux gare sa voiture derrière celle de Will. Wren et lui sortent en silence dans l'air suffocant. Les agents déjà sur place affichent des mines graves et leur peau ruisselle de sueur.

— Le périmètre est dégagé. Les portails sont sécurisés. Landry et Fox sont à l'intérieur, ils ouvrent la voie jusqu'à la tombe 1503.

Will affiche une expression plus sérieuse que jamais.

— Personne n'a rien vu ni entendu ? s'enquiert-elle.

Il répond non d'un geste de la tête, les yeux plissés à cause du soleil.

— Rien du tout.

L'ambulance arrive, la sirène se tait. Deux urgentistes sautent du véhicule et prennent leur kit de premiers secours dans un compartiment sur le flanc.

— Suis-nous avec eux, ordonne Leroux à Will en désignant le couple d'ambulanciers.

Son collègue acquiesce et part les rejoindre pour leur faire un topo avant de se mettre en route.

Le plus ancien lieu de sépulcres de La Nouvelle-Orléans leur paraît s'étendre à perte de vue. Le labyrinthe des allées peut jouer des tours à l'esprit du visiteur. Le silence qui y règne est angoissant, les bruits ambiants, comme aspirés par le néant. En dépit de la rumeur animée de la ville au-delà de l'enceinte, Wren peine à percevoir le moindre son, un signe de vie. Seul un faible bourdonnement lui parvient. Les morts gardent leurs secrets.

Ils tournent à droite et se dirigent vers la zone des sépultures enterrées. Tout est calme. Même le gros corbeau qui s'est posé sur une tombe voisine s'astreint à un silence atypique. Il les observe en oscillant légèrement sur la pierre délabrée qu'il enserre de ses griffes. Wren se demande s'il est venu assister à la grande révélation.

— Des pelles ! Il nous faut des pelles ! s'écrie-t-elle lorsqu'elle repère un endroit où la terre a été récemment retournée.

Leroux s'élance aussitôt ; il a remarqué autre chose. Ses agents se précipitent pour couvrir le périmètre autour de lui. Armes au poing, ils inspectent les lieux à la recherche d'un piège. Sans tenir compte de la découverte de Leroux, Wren fonce vers la remise du gardien. Elle est fermée, mais, par chance, une pelle est appuyée contre le mur, à l'extérieur. Wren s'en empare et revient au pas de course près de la tombe où Leroux brandit l'objet qui a attiré son attention.

— Un minuteur ! explique-t-il. Le délai coïncide avec l'alarme de la montre connectée. Il nous reste exactement vingt minutes.

Il a le visage rouge et il transpire à grosses gouttes.

— Si quelqu'un est enterré là, c'est foutu. Impossible qu'il soit encore conscient, déclare-t-elle. Mais si on veut encore espérer un miracle, il faut qu'on creuse. Tout de suite.

Leroux retire sa veste à la hâte, la laisse tomber au sol, remonte ses manches.

— Prends la pelle, lui ordonne-t-il.

Il s'agenouille et se met à creuser à mains nues. Wren s'attelle à la tâche avec ardeur. Elle balance des pelletées de terre sur le côté. D'autres agents viennent joindre leurs efforts aux leurs. Ils travaillent en silence, concentrés. Les seuls bruits qu'on perçoit sont ceux de l'outil qui s'enfonce dans le sol et des respirations haletantes. Wren espérait trouver un corps exposé ou même enfermé dans un caveau en surface. Enterré vivant, le délai de survie est minime et quarante-cinq minutes, c'est long, peu importe l'état de santé de la victime. Ils ignorent dans quoi elle a été ensevelie, à quelle profondeur et depuis combien de temps elle y est. Ils ne savent même pas s'il y a bien quelqu'un sous cet amas de terre. Malgré tout, Wren creuse avec furie, comme enragée. Ses espoirs sont minces, certes, mais pas complètement anéantis.

*

* *

Leroux prend la pelle des mains de Wren avec empressement et la plonge dans la terre avec autant de force et de rapidité qu'il le peut. Les secondes s'égrènent bruyamment sur le minuteur et il lit sur le visage de Wren que chacune d'elles compte. Ils ont l'impression de trimer depuis des jours. Le trou atteint presque un mètre de profondeur à présent. Leroux s'essuie le front du revers du bras, mélangeant la poussière à sa sueur.

— Et s'il l'avait vraiment enterré six pieds sous terre ? demande un agent, un peu hésitant.

Wren secoue la tête en soufflant.

— Alors on creuse six pieds sous terre.

Leroux reprend, déterminé. Il ne répond pas aux inquiétudes de ses collègues, mais il les partage. Deux mètres de profondeur – six pieds sous terre –, c'est le double de ce qu'ils ont déjà atteint, et c'est beaucoup trop sans les outils adéquats et en si peu de temps, sans pause qui plus est. À cet instant seulement, il remarque que les ambulanciers ont eux aussi retiré leur veste d'uniforme pour participer à l'effort collectif. Il croise le regard de la femme urgentiste et la remercie d'un hochement de tête silencieux. Elle acquiesce à son tour et continue d'enlever la glaise.

Ils travaillent ensemble comme une machine bien huilée. La terre vole dans toutes les directions. Chacun est concentré à l'extrême. Leroux glisse un œil sur le minuteur au moment où le bord de la pelle bute contre quelque chose de dur. Il donne un autre coup pour être sûr. Bruit de métal contre bois. Il consulte l'heure. Il reste quatre minutes.

— Nous avons quelque chose ! s'écrie-t-il en jetant la pelle pour continuer à la main.

Wren s'empare de l'outil et racle la surface. D'autres viennent leur prêter main-forte. La tombe a été grossièrement creusée. Le tueur voulait qu'ils la trouvent et aussi leur compliquer la tâche. Un sentiment d'excitation imprègne l'air quand ils voient apparaître une poignée.

— Finissons de déblayer le cercueil, propose Will. Nous pourrons plus facilement soulever le couvercle.

Wren acquiesce de concert avec les autres et tous se remettent à la tâche. Bientôt, les contours du couvercle apparaissent.

— C'est bon ! s'exclame Wren.

Tout le monde s'écarte pour la laisser manipuler le haut du cercueil. Leroux se précipite pour l'aider et ensemble, ils parviennent en forçant un peu à le déverrouiller.

Soudain, le temps semble s'arrêter. Le tic-tac du minuteur est le seul bruit qui rompt le silence.

— Oh mon Dieu ! s'exclame l'ambulancier en se couvrant la bouche avec la main pour retenir son cri d'horreur.

À l'intérieur, une femme d'une vingtaine d'années. Ses cheveux auburn, emmêlés et sales, sont déployés autour de sa tête. Ses yeux sont fermés, son visage est crasseux. Des traces de vomi sec maculent sa joue et le capitonnage intérieur. Ses pieds sont nus, égratignés, couverts d'entailles à vif et de sang séché. Son tee-shirt, blanc à l'origine, est taché. Une marque cramoisie court de son flanc gauche jusqu'à son dos. Tous savent, sans que Wren le précise, que c'est du sang. En grande quantité. La femme dans le cercueil est immobile.

Le minuteur sonne.

21

Jeremy ouvre les yeux. Il se sent reposé, même s'il n'a dormi que deux heures. Il s'assied dans le lit, jette un coup d'œil derrière les stores, laisse entrer la douce lumière qui le salue. Il contemple la vaste étendue verdoyante qui s'étire devant lui comme un océan. C'est sa version personnelle d'Aokigahara, surnommée la « forêt des suicidés », au pied du mont Fuji, où les Japonais vont pour mourir.

Il a laissé Emily dans cette forêt cette nuit, paralysée à partir de la taille, avec nulle part où aller. Quand il a retiré la lame de son dos, il a vu son regard devenir fou. Elle l'a dévisagé avec stupeur. Il est resté accroupi à côté d'elle un moment, pendant qu'elle hoquetait de douleur. Dans son délire, elle s'est agrippée à lui comme à une bouée de sauvetage. Quand enfin il l'a abandonnée dans la froide obscurité, elle l'a appelé. Elle a imploré « Cal » de revenir. Elle l'a supplié. Ses gémissements l'ont bercé et plongé dans un sommeil profond.

À présent, il enfile une chemise propre. Elle est blanche et parfaitement repassée. Il prend le temps de se brosser les dents et de coiffer avec soin sa chevelure blonde. Dehors, il écoute le craquement des planches sous ses pieds quand ses bottes noires martèlent le bois. Il se demande si elle peut l'entendre qui approche. La fatigue l'a-t-elle finalement emportée ? Son corps terrorisé a-t-il trouvé le repos ?

— Emily ! crie-t-il à pleins poumons.

Il tend l'oreille. Rien sinon le chant des grillons et des oiseaux.

— Tu n'es pas morte, quand même ? lance-t-il, plaisantant à moitié.

Son bayou adoré est le seul à lui répondre. Il accélère, pénètre dans le bois dense et quitte le chemin aménagé pour rejoindre l'endroit où il l'a laissée. Il est à la fois nerveux et excité.

— Emily, j'espère que tu pourras me pardonner, gazouille-t-il.

Il l'aperçoit. Elle est affalée, presque à l'horizontale, contre le grillage qui ploie sous son poids, formant un trou. Elle ne bouge pas. Un instant, il redoute qu'elle ne soit morte. *Non. Non, ça n'irait pas.*

Il allonge le pas, inquiet. Elle ne peut pas être déjà morte. Tout son plan tomberait à l'eau. Elle est censée représenter un message. Elle doit servir d'avertissement.

Il plisse les yeux en s'approchant du corps immobile. Il s'accroupit à côté d'elle et découvre que ce n'est pas Emily. C'est Katie.

Son cœur s'emballe quand la lumière se fait dans son esprit.

Il l'a ratée.

Il a raté la moelle épinière. De toute évidence, elle était encore capable de marcher quand il l'a abandonnée là hier soir. Son esprit tourne à plein régime. Emily l'a vaincu. Elle a traîné Katie sur plusieurs mètres et l'a installée contre le grillage pour contrer les ondes électriques.

Il touche le sang sur le fil. Emily a grimpé sur le cadavre de Katie pour s'échapper. Les décharges électriques ont dû à peine l'affecter. Voire pas du tout.

Il se redresse, le regard perdu au-delà des hautes herbes et des arbres de l'autre côté de son arène improvisée. Emily est partie. Les paupières fermées sous le soleil matinal, il se félicite de s'être préparé au pire. Elle n'ira pas loin avec ses blessures et, de toute façon, elle ne verra rien devant elle avec la dose de tropicamide qu'il lui a administrée. Il devrait pouvoir la rattraper sans difficulté. Malgré tout, cette pensée ne lui apporte aucun réconfort. Tout a changé.

22

Wren ne s'accorde qu'un bref instant avant de se mettre au travail. De sa main gantée, elle cherche un pouls. Les yeux fermés, elle se concentre sur la palpation de la carotide. Elle exerce une légère pression en quête du moindre signe de vie et finit par sentir la pulsation infime du muscle cardiaque sous ses doigts.

Le monde autour d'elle s'anime en une explosion de couleurs. Elle se tourne vers les ambulanciers et leur lance :

— À vous de jouer ! Elle est vivante !

Les deux urgentistes passent à l'action. Ils font rouler la victime sur le côté et découvrent la source du sang rouge sombre qui tache son chemisier.

— Elle a une plaie au niveau des cervicales, annonce l'ambulancier qui, le choc passé, a retrouvé sa concentration et son professionnalisme. Mais il semblerait qu'elle ait été soignée.

Wren se penche pour regarder, incrédule.

— Quoi ?

Elle contemple les bandages qui recouvrent la nuque de la femme.

— Il a pansé ses plaies ? s'étonne Wren, confuse. Il n'a jamais fait ça. D'ailleurs, je ne crois pas qu'un tueur en série ait jamais fait ça.

Leroux secoue la tête tout en essayant d'éteindre le minuteur qui sonne toujours. Un agent le lui prend sans un mot et l'arrête. Plus loin, un autre est en train d'aboyer des ordres pour demander que la scène soit sécurisée et qu'on appelle des renforts.

— Sortons là d'ici. Il faut d'abord la stabiliser, indique l'ambulancier.

Avec l'aide de Wren, ils font glisser la femme hors du cercueil. Ils relient toute une batterie de matériel à son corps pour lui sauver la vie, des années d'expérience leur permettant d'accomplir cette tâche sans heurt. Wren prend un moment pour examiner le cercueil et retient un cri de stupeur en y découvrant un squelette entier coincé sur le côté. La femme a été enterrée avec le locataire d'origine. Difficile pour l'instant de déterminer si elle était encore consciente quand elle s'est retrouvée enfermée avec lui. Wren préfère ne pas s'attarder sur le cauchemar que cela a dû être. Mais Leroux l'arrache à ses pensées d'une pression sur l'épaule.

— Regarde l'intérieur du couvercle, dit-il.

Les pires craintes de Wren sont confirmées quand elle repère les nombreuses éraflures qui sillonnent le bois. Toutes ces griffures rappellent une scène du *Silence des agneaux*. L'image de l'ongle cassé enfoncé dans la roche du puits de Buffalo Bill où ce dernier conservait ses victimes est à jamais gravée dans la mémoire de Wren. Y être confrontée dans la réalité est des plus perturbants. Certaines des rayures sont imprégnées de sang, et un rapide coup d'œil sur les mains de la victime suffit à conclure qu'elle a désespérément cherché à s'extirper de sa prison. À un moment donné, elle a dû être suffisamment consciente pour comprendre où elle se trouvait. Elle a tenté pendant on ne sait combien de temps de fendre le bois, sans doute sans imaginer qu'elle était un mètre sous terre.

— Elle est en vie, John, finit par déclarer Wren sans pouvoir détacher son regard des éraflures. Son cœur bat et elle sait qui est ce type. C'est tout ce qui compte.

Leroux desserre sa cravate, sa mâchoire se contracte et l'espoir fou qui animait ses yeux quelques secondes plus tôt disparaît, remplacé par une expression de défaite.

— Tu as vu la même chose que moi, Muller ? Elle pourrait tout aussi bien être morte. Je ne serais pas surpris qu'elle soit étendue sur ta table ce soir, crache-t-il en donnant un coup de pied dans une motte de terre. Cet enfoiré s'est foutu de nous. Et on est tombés dans le panneau.

Wren ne proteste pas. Elle a elle-même senti le pouls et il était plus que faible. Les chances que la victime puisse se rappeler quoi que ce soit de précis à son réveil sont minces. Pourtant, Wren n'en dit rien.

— Tu as tort. On n'est pas tombés dans le panneau.

Leroux se tourne pour lui faire face.

— Pourquoi tu me cherches, Muller ? On a l'air de parfaits imbéciles, à tenter de devancer un foutu minuteur qu'il a laissé à notre intention. C'était exactement ce qu'il voulait.

Sa voix prend un ton agressif que Wren ne lui connaît pas. Elle n'a pas peur de lui, mais pour lui. Elle inspire un grand coup avant de répondre :

— Non, John. Il voulait qu'elle meure. Il voulait qu'on nourrisse de faux espoirs, qu'on prie pour ouvrir ce cercueil dans les temps alors qu'on n'y trouverait qu'une fille morte. C'est ce qu'il avait prévu. Et ce n'est pas ce qu'il s'est passé.

Les traits du visage de Leroux s'adoucissent, alors elle continue :

— Nous avons ouvert ce cercueil et la personne à l'intérieur respirait encore. Une personne qui l'a vu, qui l'a entendu, qui a peut-être senti son odeur. Et même si elle ne peut rien nous révéler d'utile à son réveil, nous l'avons quand même sauvée. Nous avons sauvé un être humain. Il a échoué. Peu importe la suite, il a déjà échoué.

Wren se penche pour épousseter son pantalon. Mettant la tête en arrière, Leroux pousse un grognement, de nouveau lui-même. Il se redresse et suit Wren jusqu'à l'entrée du cimetière, calant son pas sur le sien. Tous deux ont une allure effroyable, ils sont épuisés après leur opération de sauvetage. Seules quelques mèches sont encore enroulées en chignon sur le sommet du crâne de Wren. Sa peau est rougie et couverte de traînées de sueur mêlée de poussière. Leroux a les cheveux trempés, en bataille. Des taches de transpiration ornent sa chemise. Chacun veut croire que leurs efforts ont payé.

— L'idée que les choses ne se sont pas déroulées comme il voulait, qu'il n'a pas obtenu ce qu'il désirait, ça me plaît, reconnaît Leroux. Mais ce n'est qu'un lot de consolation. Rien qui permette de parader. Ça n'a pas la saveur d'une vraie victoire. Nous ne sommes toujours pas près de l'épingler. Et j'aurai ses prochaines victimes sur la conscience.

DEUXIÈME PARTIE

23

La chaleur est moite, ce matin. Du revers de son bras, Jeremy, appuyé contre une tombe, essuie la sueur qui perle à son front. Il lève la tête pour admirer le ciel clair au-dessus de lui. Le cimetière Saint-Louis est paisible, même lorsqu'il grouille de touristes. Là, presque vingt-quatre heures après qu'ils ont déterré sa victime et proclamé son échec, l'endroit paraît encore plus isolé du monde des vivants.

Les enterrements à La Nouvelle-Orléans respectent une tradition particulière. La malencontreuse situation géographique de la ville sur une nappe phréatique complique en effet la mise en terre des défunts. L'eau remplit les cercueils, qui refont surface à la moindre inondation. Pour pallier ce problème, les premiers fossoyeurs ont lesté les cadavres, mais cette tentative n'a eu pour résultat qu'une augmentation de la pression de l'eau. Lorsque des cercueils ont commencé à flotter dans les rues de La Nouvelle-Orléans, il est devenu évident qu'une autre solution devait être apportée. À présent, les défunts reposent en paix à la surface. Le labyrinthe de caveaux crée ainsi une atmosphère singulière, qui a valu au cimetière d'être surnommé la « Cité des Morts ». La célèbre reine du vaudou, Marie Laveau, s'y considérait, à juste titre, chez elle. Des années durant, les visiteurs ont marqué la pierre qui renferme son corps de trois X dans l'espoir de l'invoquer pour qu'elle réalise leurs rêves les plus fous.

Désormais, l'accès à ce site de sépultures est réglementé. L'archidiocèse de La Nouvelle-Orléans a instauré des règles strictes après que plusieurs tombes décrépites ont été vandalisées. Ces caveaux en triste état restent magnifiques, mais en mettre un en lumière aurait pu virer à l'acte de voyeurisme macabre sur des squelettes désarticulés à peine couverts par les lambeaux de tissus d'une ère oubliée. La ville s'est empressée de protéger la sainteté des morts.

Pourtant, Jeremy s'est introduit dans ce monde qui lui est interdit en enjambant tout simplement la barrière. La dernière fois qu'il est venu ici à cette heure, il a cassé la caméra de surveillance braquée dans sa direction avant de franchir le portail en traînant la victime. Il a ensuite dû se dépêcher de la mettre en terre. Il avait fait des recherches et savait que cette concession-ci abritait une tombe enterrée. Une fois dans l'enceinte du cimetière, il a creusé le sol humide sans difficulté. Il a soulevé le couvercle du cercueil abîmé, et poussé les ossements sur le côté pour installer son nouveau présent. Il se rappelle la délicieuse sensation qu'il a éprouvée quand il a sorti avec précaution de sa poche le bracelet pour le glisser au poignet gauche de la femme avant de l'ensevelir.

Jeremy pense au vieux cliché du tueur qui revient toujours sur le lieu de son crime et, malgré la déception des dernières heures, il en savoure un peu l'ironie. D'autant que, à choisir, il préfère être un cliché dans le décor ridiculement somptueux du cimetière, que sur le site du festival de jazz. Simple question de *standing*.

Il se souvient du tourbillon de festivaliers qui buvaient, mangeaient et riaient avec ostentation autour de lui. L'air était étouffant, mais une légère brise a attiré même les plus réfractaires à la chaleur, qui ont quitté le confort artificiel de leur climatisation pour profiter des festivités. Il se sentait en confiance, à son aise, tandis que la puanteur doucereuse de la chair en putréfaction se mêlait aux effluves de cuisine. Il a pris plaisir à voir certains des participants remarquer l'odeur âcre d'un corps en décomposition qui supplantait le parfum sucré des beignets et l'arôme du meilleur gombo au monde. S'ils ne pouvaient pas encore la voir, ils devinaient déjà sa présence. Elle les appelait du vide sous cette scène : contrariée pour l'éternité, même après que ses hurlements se sont estompés. L'excitation était enivrante.

Jeremy la voit encore. Il voit ses grands yeux terrifiés, la dernière once d'espoir qui s'y éteint, dans l'obscurité du bayou. Ces yeux ont perdu tout éclat désormais, les paupières se sont baissées dans une expression figée de demi-sommeil. Ses lèvres esquissent une moue relâchée. Comme si elle voulait dire quelque chose, mais ne le pouvait pas. Les voix des morts se sont à jamais tues. Ceux-ci ne sont plus que des enveloppes de tissus, dont le seul intérêt est clinique, et ils n'ont aucun moyen de communiquer ce qu'ils ont vécu juste avant de finir sur une table d'autopsie. Personne ne peut deviner la solitude absolue qui précède la mort tant qu'il ne l'a pas expérimentée lui-même. Physiologiquement, il est possible d'expliquer ce qu'il se passe exactement lorsqu'un cœur cesse de battre, mais nul ne peut décrire l'angoisse qui se déverse dans l'âme quand on prend conscience que la vie nous est ôtée.

Jeremy arpente les allées du cimetière désert en chérissant ces souvenirs ; il essaie de se ressaisir après le fiasco de son plan préparé avec tant de soin. Il se rappelle qu'il a une mission plus importante à accomplir, celle qu'il a commencée il y a presque sept ans. Il ne perdra pas son objectif de vue. Pas cette fois. Il ne peut plus y avoir d'erreurs.

24

On l'a prévenue quelques heures à peine après leur départ de l'hôpital. La victime a souffert d'une détresse respiratoire et s'est étouffée. Le personnel médical a tenté une procédure de réanimation, en vain. Le certificat de décès indique une plaie à l'arme blanche qui a sectionné la colonne au niveau de la vertèbre C6. Elle était paralysée à partir de la taille. D'instinct, Wren secoue sa jambe en apprenant la nouvelle.

Les médecins ont également précisé que la blessure avait été soignée, ainsi qu'ils l'ont supposé sur la scène de crime. Elle n'est donc pas morte d'une hémorragie. Les analyses de sang, quant à elles, ont révélé une quantité modérée de ciguë, sans doute administrée par intraveineuse avant l'inhumation. La ciguë a achevé l'œuvre du tueur. À la lecture du certificat, Wren s'est attardée sur ce détail en particulier. La ciguë est un poison romanesque, et elle s'interroge sur ce que son utilisation raconte de l'assassin.

Le corps froid et sans vie de la jeune femme repose à présent sur sa table d'autopsie. Face à la dépouille, Wren repense à l'expression des parents qu'elle a croisés à l'hôpital, à leurs joues maculées de larmes et leurs yeux fatigués.

Elle ne peut qu'imaginer la douleur qui a été la leur quand ils ont appris les supplices que leur fille a endurés. Les crimes abominables de ce tueur sont comme un virus aéroporté ; ils infectent tous ceux qui se trouvent dans l'entourage de sa première cible. Pour lui, ce ne sont que des dommages collatéraux, mais les êtres humains bien réels qui sont impliqués, eux, sont touchés dans chaque cellule de leur corps. Pendant le plus bref des instants, ce couple a récupéré sa fille en vie et, presque aussitôt, tous ses espoirs ont été soufflés. C'est tragique, même si parfois, la mort est la seule des clémences à accorder.

Wren déverse sur la table en acier le contenu du sac vert que l'hôpital a remis au bureau du médecin légiste une fois le décès prononcé. Les effets personnels de la victime se résument à peu de choses. Ses vêtements sales ont été découpés par les urgentistes quand ils tentaient de la sauver. Le dos de son tee-shirt blanc est bruni par le sang coagulé. Il y a du vomi séché sur la manche droite, des régurgitations qui sont vraisemblablement survenues alors qu'elle avait perdu connaissance. Son jean est raidi par la boue. Malgré sa détermination à découvrir ce que cette pauvre femme a traversé avant de mourir, Wren redoute la vérité. Elle sait que ses dernières heures de lucidité doivent surpasser les scénarios des pires films d'horreur.

Wren met les vêtements de côté et s'intéresse au seul autre bien de la victime : un bracelet qui, d'après le rapport, lui a été retiré du poignet gauche. Le regard de Wren se fixe sur le bijou. Une chaîne aux maillons fins avec un pendentif en argent en forme de cœur anatomique sur lequel est gravé un petit E. Elle le caresse de sa main gantée, pour vérifier qu'il est bien réel, qu'elle ne le rêve pas. Elle s'attend presque à voir ses doigts le traverser comme un hologramme, tant elle croit à une illusion. Mais non. Ils touchent le métal froid du cœur puis de la chaîne. Il est bien réel.

Son esprit s'emballe, ses pensées s'embrouillent. Elles fusent dans tous les sens. Sa cervelle devient un disque rayé qui n'arrête pas de sauter. Wren reconnaît ce bijou. Il lui appartenait dans une autre vie. Dans sa salle d'autopsie où elle se sent puissante et compétente, à des années-lumière de la version d'elle-même qui le portait, elle fixe le bracelet.

Celui d'Emily Maloney.

Celui de Wren Muller.

25

Jeremy ne peut s'empêcher de méditer sur les débuts chaotiques qu'a connus son grand retour. Sept ans. Sept ans de planification et de travail ont mené à cette performance peu satisfaisante. Il a suivi hier le déroulement de ce désastre depuis ce qui aurait dû être une place de choix, contraint de se percher sur un mur du cimetière pour contempler, impuissant, l'effondrement de son plan. L'échec n'est jamais facile à digérer, mais Jeremy, lui, a l'impression d'avaler du verre brisé. Il a réussi à l'éviter la majeure partie de sa vie et voilà que maintenant, d'une certaine manière, il baigne dedans.

Il avait tout organisé avec tant de méticulosité. Il a choisi des victimes et des modes opératoires censés réveiller les souvenirs des premiers enquêteurs. Il a laissé des indices, et tous n'étaient pas d'une grande subtilité ! Enfoncer les pages de la nouvelle « Le plus dangereux des gibiers » dans la gorge de cette femme était d'une évidence qui frôlait le grotesque. Il était peut-être prétentieux de sa part de faire ainsi étalage de sa supériorité sur ces pauvres petites créatures qui s'agitaient dans tous les sens pour essayer de l'attraper, mais il était déterminé à attirer l'attention d'Emily. Il voulait lui rappeler son passé, sa vraie vie. Il l'imaginait revenir dans ce coin reculé de sa mémoire où elle était toujours un lièvre inoffensif et terrifié qui cherchait à lui échapper dans l'obscurité des marais.

Après toutes ces années, c'est son évasion qui hante le plus son esprit. Découvrir qu'Emily s'était enfuie ce matin-là, sept ans auparavant, lui a causé une douleur atroce. Et pas seulement parce qu'il a dû se débarrasser précipitamment des corps de Matt et de Katie et s'activer à effacer toutes les traces de son expérience. Il a vécu sous le poids de ce revers pendant des années. Il a alors parfait son art et veillé à ne jamais plus éprouver ce sentiment. Il a veillé aussi à être celui qui lui ôterait la vie. C'est à lui d'orchestrer la mort d'Emily.

À présent, face au constat d'un autre fiasco malgré les soins qu'il a apportés à ses préparatifs, il enrage. Il s'est beaucoup investi pour tirer les ficelles de ce spectacle de marionnettes, mais il sent les fils se distendre sous la pression. Ceux-ci cassent et menacent de révéler l'homme derrière le rideau. La scène approchait pourtant la perfection ; il a presque réussi à créer le spectacle dont il rêvait.

Il en est certain, il peut encore le sauver avec un travail acharné. Mais pour l'heure, à ses oreilles ne cesse de résonner le bruit optimiste des pelles qui creusent le sol sans relâche. Les respirations, rapides et laborieuses derrière les bâches bleues. Policiers et ambulanciers étaient recouverts de poussière, ils ramassaient de grandes brassées de terre sans outil. Puis le gardien s'est poliment frayé un chemin vers les secouristes et leur a tendu deux autres pelles. De mémoire, Jeremy n'a jamais vu un tel acte de bienveillance. Pourtant, malgré cette aide inopinée, il croyait encore à leur échec.

Il faut le reconnaître, c'était risqué. Une œuvre d'une telle ampleur requiert un acte de foi et il a été un fervent croyant. Les cloches ont tinté pour lui et leur carillon vigoureux l'a rendu euphorique quand elles ont fendu le silence comme une plaisanterie malvenue, grossière et dérangeante. À cet instant, Jeremy s'est tourné pour faire face à la rue, il a soupiré tel un amant repu. Sauf que sa satisfaction a été vite étouffée.

« À vous de jouer ! Elle est vivante ! » Ces mots le hantent depuis. Même vingt-quatre heures après, il les entend qui claquent dans l'air, le ton impérieux est gravé dans sa mémoire. Elle a dégainé ses paroles de son carquois et les a décochées à l'aide de son arbalète tendue à l'extrême, avec l'assurance d'un archer expérimenté. Encore maintenant, elles le transpercent.

Au début, Jeremy a paniqué à l'idée que sa victime miraculeusement en vie ait vu son visage, qu'elle connaisse son nom et son pseudo. Mais il s'est vite rassuré, car il savait que même si elle survivait à la paralysie et au manque prolongé d'oxygène, elle n'aurait plus les capacités intellectuelles de lui causer du tort. Les spasmes musculaires et les attaques quasi constantes qu'elle avait endurés dans cette boîte allaient engendrer des dommages neurologiques irréversibles. Son cerveau serait détruit.

Au-delà de ça, Jeremy a conscience depuis le début qu'il est rare qu'un plan se déroule sans anicroche. C'est pour cette raison qu'il faut tenir compte des imprévus. Et il se félicite d'avoir injecté de la ciguë dans le corps endormi de sa victime avant de l'installer pour son presque dernier repos. Évidemment, il aurait été préférable qu'elle soit déjà morte au moment de l'exhumation, mais les plans de secours valent mieux que les échecs cuisants. Le poison courait dans ses veines et la détresse respiratoire a fini le travail. Comme pour Socrate.

Il avait soixante-dix ans à l'époque de son procès pour impiété et corruption de la jeunesse. Déclaré coupable des deux chefs d'accusation par un jury composé de ses pairs, il a été condamné à mort et invité à être son propre bourreau. La Grèce antique savait y faire en matière de tension dramatique. Socrate a été conduit dans une cellule puis on lui a fourni une tasse de thé à base de ciguë. On lui a ordonné de le boire puis de marcher jusqu'à ce que ses jambes se dérobent sous lui. L'histoire veut nous faire croire qu'il s'agissait d'une mort gracieuse. Qu'il a obéi avec stoïcisme. Mais Jeremy connaît les véritables dégâts que l'empoisonnement à la ciguë peut provoquer : vomissements, attaques, détresse respiratoire. Il se réjouit de voir l'histoire se répéter avec sa dernière victime en date.

Dans le fond, Jeremy sait qu'il n'est pas sain de ruminer sa déception. Il sent l'obsession le guetter au point de frôler l'imprudence mais, tel un avion en piqué vers le sol, il ne peut pas s'en détourner.

26

Les roitelets sont des oiseaux magnifiques. Ils symbolisent la renaissance et la protection, l'immortalité et la force. Parce qu'ils sont de petit gabarit, les autres animaux sous-estiment leur incroyable ingéniosité et leur intelligence. Même s'ils restent fragiles, les roitelets sont futés, ils savent déjouer les attaques de leur prédateur non préparé quand ils sont menacés. C'est pour toutes ces raisons qu'elle a choisi de s'appeler Wren, « roitelet » en anglais.

Il y a sept ans, Wren Muller était Emily Maloney, jeune étudiante qui travaillait dur pour réaliser son rêve et devenir médecin. Elle était d'une nature naïve, confiante et jamais elle n'aurait pu se douter des horreurs qui allaient s'abattre sur elle. Une cible parfaite. Elle a été droguée, enlevée, traquée, poignardée et laissée pour morte au milieu d'un bayou reculé – un terrain marécageux qu'aujourd'hui encore elle ne sait pas situer – par un tueur sadique qui prétendait être son partenaire de labo et son ami.

Au début, elle s'est reproché de n'avoir pas vu les signes. Elle s'est repassé les événements en boucle. Son expérience traumatisante aussi. L'attente interminable sur le sol spongieux, la vision brouillée et les yeux qui la brûlaient.

La douleur dans son dos et les élancements dans sa tête. Elle n'osait pas bouger de peur qu'il ne surgisse à nouveau. Elle se rappelle cette terreur qui enflait dans sa gorge avec un goût amer, si puissante qu'elle a cru que celle-ci allait l'engloutir. Mais au bout d'un moment, elle s'est estompée. La torture mentale et physique qu'il lui avait infligée s'est atténuée. Elle a appris à survivre et, au bout du compte, à se battre. Mais voilà que Cal et son sourire en coin reviennent la hanter.

Elle est de retour sur cette bande marécageuse et se revoit le corps et l'esprit brutalisés. Elle avait passé sa main dans son dos pour sentir la profonde entaille sur ses lombaires. Il avait raté son coup, raté la moelle épinière. Il l'avait blessée, mais pas paralysée, comme il en avait l'intention. Ils n'étaient qu'en deuxième année de médecine, après tout. Au prix de gros efforts, elle avait traîné Katie au cœur du bayou. Ses paupières étaient douloureuses, elle avait la sensation qu'on les lui grattait avec du papier de verre. Pourtant, sous l'effet de l'adrénaline, elle pouvait agir au-delà de la douleur et de l'épuisement. Elle devait dévier le courant électrique du grillage pour pouvoir le franchir. Il lui avait fallu déployer une force dont elle ne se croyait pas capable pour pousser Katie dessus.

Aujourd'hui, elle ne se rappelle plus la sensation de grimper sur le corps sans vie et elle remercie son cerveau de la protéger de ce souvenir abominable. Elle se rappelle très bien cependant s'être mise à courir. Elle a couru pendant des kilomètres avec l'impression d'avancer dans l'eau.

D'un battement de cils, elle chasse ce flot de réminiscences. Maintenant, elle a la confirmation que Cal était le boucher du bayou. Il avait déjà tué plusieurs personnes, hommes et femmes, à l'époque, et il recommence aujourd'hui. Elle retire d'un claquement le gant de sa main droite et prend son téléphone.

— John, commence-t-elle d'une voix serrée. Tu es bientôt là ?

À l'autre bout du fil, en fond sonore, le bruit d'une voiture qui passe.

— D'ici cinq minutes. Pourquoi ?

Elle perçoit l'inquiétude dans la voix de son collègue. Elle a envie de lui hurler qu'elle sait qui est le boucher du bayou, qu'elle a la preuve qu'il est revenu. Le regard sur le bracelet, elle répond :

— Pour rien, ça va. Mais quand tu seras là, j'aurai des informations pour toi. C'est plutôt costaud, alors je préfère te prévenir.

Elle parle trop vite, et ne parvient pas à se calmer ; elle est encore sous le choc.

— Ne bouge pas, j'arrive, dit-il avec douceur, sans se départir de son sérieux habituel.

La ligne est coupée. Wren lâche son portable sur la table en acier devant elle. Elle se concentre sur sa respiration, seul son audible dans la salle d'autopsie. Au bout d'une minute, elle s'empare d'un manche de scalpel et déballe délicatement une lame neuve qu'elle insère dedans. Un cliquetis résonne dans le silence.

— Je n'ai pas terminé l'examen externe, annonce-t-elle tout haut comme si la victime pouvait discuter avec elle.

Elle pose le bistouri sur le drap qui recouvre le buste de la femme, ajuste ses gants puis enfile un masque de protection. Elle descend le drap, tient le scalpel au-dessus de l'épaule droite pour procéder à l'incision en Y. Avant que la lame ne touche la peau, Wren s'interrompt.

— Je ne te laisserai pas tomber, Emma, promet-elle.

Elle entend encore les parents de la jeune femme l'implorer d'une voix déchirante tandis qu'ils serrent la main sans vie de leur enfant qu'ils ont tenu à accompagner jusqu'à la morgue.

— Prenez soin de notre fille. Prenez soin d'Emma.

Wren ferme les yeux pour revenir au présent.

— Je suis là pour t'écouter.

Les larmes montent, mais elle les refoule d'un battement de cils. L'examen externe n'est pas un acte à accomplir à la légère. Il est essentiel. Une fois le premier coup de bistouri donné, tout change. Wren refuse de laisser ses états d'âme sur cette affaire mettre sa tâche en péril. C'est l'heure pour Emma de s'exprimer, pas celle pour Wren de se lamenter.

Elle commence par la tête, en brossant avec délicatesse les cheveux emmêlés sur son front. Ses paupières sont à moitié baissées, comme si elle était sur le point de s'endormir, mais Wren parvient quand même à distinguer ses yeux derrière, autrefois d'un bleu vif, remarquables. À présent, ils sont voilés et éteints. Un filtre blanc s'est déposé à la surface, leur conférant un aspect fantomatique. Un effet perturbant de la mort sur un regard aussi inoubliable. Elle soulève une paupière pour vérifier la présence de pétéchies. Aucune trace d'hémorragie ni de vaisseaux sanguins qui auraient explosé sous le coup d'une strangulation.

Son cœur s'emballe à cette pensée et ses mains se mettent à trembler. Elle s'abandonne à l'émotion une brève seconde. Parfois, s'autoriser un sanglot permet de dissiper la tension. Mais Wren se reprend et poursuit son examen.

Emma est toujours intubée. Wren inspecte le tube avant de l'extraire lentement de sa gorge. Tout en tirant dessus, elle décolle le sparadrap qui le maintient en place. De l'air emprisonné jaillit de la bouche d'Emma, créant une légère expiration qu'une oreille inexpérimentée pourrait facilement prendre pour un signe de vie. Wren s'interrompt un instant au souvenir d'une autre scène du *Silence des agneaux*. Celle où le médecin légiste ôte un cocon de sphinx à tête de mort de la gorge d'une des victimes de Buffalo Bill. Wren a toujours un frisson au moment où l'air s'échappe, et elle considère cette scène comme le début de sa fascination pour le corps humain et ce qui lui arrive après la mort.

Les bras d'Emma présentent des ecchymoses mineures, sans doute survenues lorsqu'elle a tenté de sortir de sa prison sous terre. Ces blessures ne correspondent pas à des coups. Wren le note dans son rapport et s'intéresse ensuite aux mains d'Emma. Elle remarque les ongles cassés, leur bord qui accroche est le triste rappel qu'elle s'est réveillée dans un cercueil et a essayé de toutes ses forces de s'en extirper en griffant le bois. Wren prélève des échantillons sous ses ongles. Elle sait déjà que le tueur aura pris soin de ne laisser aucune trace de lui, mais l'étape reste indispensable pour l'examen post-mortem. Le zèle porte ses fruits quand on s'y attend le moins.

Wren passe aux membres inférieurs. Ses jambes de grande coureuse que ses parents ont évoquées avec tant de fierté. Son père a raconté, les larmes aux yeux, qu'enfant, Emma l'accompagnait dans son jogging du soir. Sa voix s'est brisée quand il s'est remémoré leurs encouragements et les défis qu'ils se lançaient. Il est clair qu'il aimait que la passion de sa fille pour la course soit née de ces moments partagés. Lorsque Wren leur a annoncé qu'Emma avait été paralysée à partir de la taille, ils ont été anéantis.

Face à leur chagrin, elle a gardé contenance, mais le soir, elle a finalement croulé sous le poids de cette perte injuste et laissé de brûlantes larmes couler sans retenue sur ses joues dans l'obscurité de son salon.

Même si elles ne fouleront plus jamais le sol, les jambes d'Emma sont encore musclées. Wren peut palper le quadriceps bien dessiné, sculpté par des années de pratique. Maintenant, des égratignures lui barrent la peau, sans doute d'avoir couru à travers des buissons. Wren note les lacérations sur les pieds, comme si elle avait marché sur un terrain accidenté sans chaussures. Elle a vu ce genre de plaies chez plusieurs victimes, y compris elle-même. Elle chasse cette image de son esprit.

— Que t'est-il arrivé ? demande Wren en faisant glisser son pouce sur l'énorme écorchure à l'intérieur du pied gauche. T'a-t-il emmenée là où j'étais ?

Elle entend Leroux dans le couloir, sa voix résonne quand il salue les assistants. Il lâche un rire communicatif qui ramène aussitôt Wren dans le moment présent. Leroux appuie sur le bouton de l'ouverture automatique des portes de la salle d'autopsie.

— Bon, alors, Muller ! Qu'est-ce qu'il se passe ? s'enquiert-il sans préambule.

L'expression sur son visage n'est que pure inquiétude. Wren hésite sur la bombe à lui lancer en premier. Elle lui fait face, le porte-bloc en métal dans les mains, et choisit de commencer avec une question de son cru :

— John, est-ce que ton équipe ou toi avez une piste concernant l'endroit où le tueur pourchasse ses victimes ?

— Tu es sûre de vouloir savoir ?

Elle s'éclaircit la voix et s'agrippe à la table devant elle.

— Tu n'imagines pas à quel point.

Leroux s'assied sur un tabouret à roulettes.

— Eh bien, nous cherchons une zone fortement boisée, ainsi que tu nous l'as suggéré en signalant que toutes les victimes présentaient des blessures caractéristiques d'une course dans ce type d'endroit. D'après notre profil, il est attiré par la chasse, ou plutôt la traque.

Il se tait un instant pour reprendre son souffle.

— En revanche, on n'a pas encore déterminé le lieu exact.

— Il opère dans un environnement contrôlé, précise Wren.

Leroux sourit.

— En effet. Ce type a besoin d'avoir la maîtrise sur tout, il doit donc exécuter ses horreurs quelque part où il peut agir comme bon lui semble sans craindre que ses victimes lui échappent ou soient entendues. Il ne prend qu'un risque simulé en les lâchant dans la nature.

— Il a une maison, déclare-t-elle sans le regarder.

— C'est sûr, approuve-t-il. Il possède certainement une grande propriété et un terrain inexploité, car ces blessures n'ont pas été faites dans un jardin entretenu.

Leroux se lève, plonge les mains dans ses poches comme souvent quand il réfléchit. Il se met à faire les cent pas dans la salle, s'arrête pour contempler des modèles anatomiques. Wren déglutit avec difficulté.

— Il habite dans la maison de ses parents, finit-elle par déclarer, presque dans un murmure.

— Tu sautes bien vite à la conclusion, réplique-t-il avec un ricanement.

Puis, constatant son sérieux, il la considère, les sourcils froncés. Wren hésite, s'accorde un court instant pour rassembler ses pensées afin de délivrer l'information de manière cohérente. Au bout d'une seconde, elle redresse la tête et fixe Leroux dans les yeux.

— Ce n'est pas une théorie en l'air, John. Je sais qui a fait ça.

Les traits de l'inspecteur se crispent en une expression dubitative.

— Quoi ? Muller, c'est de ça que tu me parlais au téléphone ?

— En partie. Je connais cet homme. Il est doué, intelligent, et j'imagine qu'il est toujours installé sur la propriété de ses parents.

Leroux l'étudie avec la même défiance que si elle venait de lui annoncer qu'elle savait voler.

— C'est Cal, ajoute-t-elle.

— Cal ? Qui est Cal ? Je devrais, moi aussi, le connaître ? bégaie-t-il.

— John, tu te souviens de la fille qui a survécu au boucher du bayou, il y a sept ans ?

— Oui, Emily quelque chose. J'ai lu sa déposition dans les dossiers de mon père. Quel rapport ?

Wren prend une grande inspiration et se lance :

— Emily Maloney. C'est moi. Je suis Emily Maloney.

C'est comme si un fantôme était entré dans la pièce. Le visage de Leroux devient livide. Ses méninges tournent à toute allure tandis qu'il essaie de trouver les bons mots, d'établir le lien. Au bout d'un moment, il cherche confirmation dans son regard. Wren lentement hoche la tête. Il ne dit rien, il la laisse continuer à son propre rythme.

— Muller est mon nom de femme mariée, comme tu le sais, et j'ai toujours aimé les roitelets. Alors j'ai changé mon prénom en Wren.

Il relâche son souffle, esquisse un sourire incrédule.

— Ça te va bien.

— Merci, John.

Son ton s'est adouci, elle se sent soudain plus légère.

— Mon père a bossé sur cette affaire…

— En effet. Je me souviens très bien de lui, d'ailleurs. Il a été le seul à m'écouter et à me croire vraiment, explique-t-elle en s'asseyant à son tour sur un tabouret avant de poursuivre, les yeux fermés. Les policiers qui m'ont interrogée croyaient que je planais ou que j'étais perturbée, parce que j'étais incapable de leur dire où il m'avait emmenée. Je me suis réveillée là-bas presque aveugle et j'ai couru pendant des kilomètres sans savoir dans quelle direction. Je ne savais même pas si je me trouvais toujours dans le même comté. Je ne leur servais à rien dans leur enquête.

Les pensées de Leroux semblent s'agiter. Il ouvre la bouche pour parler, mais se retient.

— Ils ont dit que d'autres témoins avaient décrit le boucher comme étant blond et que ma description ne correspondait pas, continue Wren.

— Je suis désolé, Muller. Je ne sais pas quoi dire.

— Il devait sûrement s'être teint les cheveux. C'est ce que je leur ai dit et ils ne m'ont pas prise au sérieux.

Un sanglot échappe à Wren qui se jette dans les bras de Leroux. Il la serre contre lui tandis qu'ils tombent tous les deux à terre.

— Je suis désolé, Muller. Tellement désolé, répète-t-il tout en la berçant.

— Ce n'est pas ta faute, John, répond-elle en essayant de se ressaisir. J'étais passée à autre chose. J'avais appris à vivre avec. Mais il est de retour. Je sais que c'est lui. Le boucher du bayou. Cal.

Elle croise son regard et le fixe avec calme avant de se relever pour aller chercher quelque chose. Leroux se redresse et elle revient vers lui avec le bracelet. Elle le dépose dans sa paume ouverte. Il le retourne entre ses doigts.

— « E », lit-il en manipulant le pendentif.

— Pour « Emily », précise-t-elle. C'est mon bracelet. Il me l'a pris le soir où il m'a enlevée. Je l'ai trouvé dans les affaires d'Emma. Il l'a laissé pour moi.

— Oh, bordel !

Leroux semble sur le point de défaillir, mais il tient bon. Il examine encore le bijou, se pince l'arête du nez.

— Quand nous étions en cours, Cal m'a parlé quelques fois de sa mère âgée. Elle était malade et clouée au lit. Il m'a dit qu'ils possédaient une vieille maison avec du terrain autour. Il adorait cette maison. Je parie que c'est là qu'il les emmène. Que c'est là qu'il m'a emmenée.

Il hoche la tête, l'expression un peu agitée, tandis qu'il encaisse toutes ces informations.

— Philip Trudeau ! s'exclame-t-elle tout à coup.

— Hein ? fait Leroux, perplexe.

— Philip Trudeau, explique Wren, le nom sur la carte de bibliothèque. Celle qui était glissée dans le livre près d'un des cadavres.

— Oui, je sais. Le type du Massachusetts. Je m'en souviens.

— Je t'ai dit que ce nom me paraissait familier. Je me suis creusé la cervelle cette nuit ; ce nom n'arrêtait pas de me revenir, mais impossible de le remettre. Avant maintenant.

— Accouche, Muller.

Elle chasse son impatience d'un geste et poursuit :

— Philip Trudeau était le meilleur ami d'enfance de Cal. Il a déménagé dans le Massachusetts quand ils étaient jeunes. Cal l'a évoqué un jour à la sortie d'un cours. J'ai même trouvé que c'était une confidence étrange. Interroge Philip Trudeau, je suis sûre qu'il confirmera. Ce livre, ce bracelet. Ce sont des indices pour moi. Il cherche à attirer mon attention depuis le début.

— C'est pour ça qu'il a laissé ta carte de visite sur une scène de crime. Tout prend sens.

— Vérifie auprès de Philip Trudeau qu'il connaît Cal, ordonne Wren. Maintenant que j'y pense, essaie aussi le prénom Jeremy. La fille qui était avec moi, elle l'appelait Jeremy.

Leroux acquiesce, médite ce dernier détail avec calme après la conversation qu'ils ont eue.

— Tu vas bien ? s'inquiète-t-il au bout d'un moment. Ce n'est pas grave si ça ne va pas.

Les lèvres de Wren s'étirent en un sourire, mais son regard reste triste.

— Non, je ne vais pas bien. Mais ça ira mieux quand tout cela sera enfin terminé.

Ils se murent un instant dans un silence confortable et rassurant.

— Au fait, as-tu fini par découvrir de quoi traite le chapitre manquant de ce livre ? Celui qui accompagnait la victime au marais des Sept Sœurs ? demande-t-elle, les yeux posés sur le corps d'Emma.

— On a trouvé, oui, répond Leroux qui mesure désormais toute la pertinence de cet élément.

— Et alors ?

— C'est une nouvelle, « Le plus dangereux des gibiers ».

— Quel cliché, le sale petit enfoiré !

Leroux ne peut s'empêcher de rire.

— On va l'arrêter, Wren, affirme-t-il avec douceur en insistant sur son prénom. Je vais m'entretenir avec ce Trudeau et voir ce qu'il peut m'apprendre au sujet de Cal alias Jeremy.

Il se dirige vers la porte où il reprend son manteau.

— En attendant, si tu préfères mettre quelqu'un d'autre sur cette affaire, n'hésite pas. Ça pourrait vite devenir personnel.

— En temps normal, ta proposition me vexerait beaucoup, soupire-t-elle en retirant la lame du scalpel pour la jeter dans le conteneur à déchets médicaux. Mais je crois que tu as raison. Je dois faire ce qui est le mieux pour Emma, et pour l'instant, je ne suis pas ce qui est le mieux pour elle.

Leroux revient vers elle pour lui presser le bras dans un geste réconfortant. Wren enlève son gant et décroche le téléphone mural. Elle appelle un assistant pour qu'il termine l'autopsie.

27

Il est rare pour Jeremy de sentir qu'il n'a plus le contrôle de la situation. En général, il est patient, discipliné et réfléchi. Mais ce soir, il ne ressent que de la colère. Assis dans sa voiture devant le *O'Grady*, il contemple le seul chemin qu'il puisse emprunter. Il n'arrive pas à se sortir de la tête sa dernière erreur de calcul. Il bout de l'intérieur, comme une cocotte-minute. C'était censé fonctionner. Ce devait être une véritable représentation théâtrale, son triomphe. Mais la fille lui a volé son quart d'heure de gloire, et peu importe qu'elle ait quand même succombé à la ciguë. S'il pouvait, il reviendrait en arrière et la décapiterait, histoire de soulager toute la rage qui l'étouffe. Mais il ne peut pas. Alors, il part en chasse.

Il est 1 h 30 du matin et le pub va bientôt servir la dernière tournée. C'est le moment idéal pour trouver quelqu'un qui l'accompagnera chez lui. Il est assez tard pour que même les plus prudents oublient leurs inhibitions, mais encore assez tôt pour choper des individus cohérents et conscients. Il ne cherche pas une cible facile. Il veut un autre lièvre capable de détaler.

Il vérifie rapidement son reflet dans le rétroviseur. Ses yeux sont injectés de sang, mais dans l'obscurité du bar, il sait qu'ils ne trahiront pas son état d'esprit. Il repousse avec soin une mèche de cheveux tombée sur son front et sort de sa voiture.

Le pub est encore bondé. L'air est lourd de parfums bon marché et d'eau de toilette encore plus bas de gamme. Les lumières teintent de rouge l'unique salle et la font ressembler aux cercles de l'Enfer. Les clients se séparent en deux camps. Les loups solitaires assis aux extrémités du bar, épaules rentrées dans une posture défensive, bizarrement en quête de tranquillité dans un lieu animé. Il n'est pas venu pour eux. Et les optimistes d'ici peu aux abois, ceux qui espèrent qu'on les remarque. La plupart n'attendent même pas de compliments ni un semblant de respect. Ils veulent seulement une promesse de plaisir pour noyer la haine qu'ils ont d'eux-mêmes. Jeremy peut s'en accommoder.

Il se dirige droit vers le bar et se glisse sur un tabouret avant de balayer les lieux du regard. Il repère une femme à sa droite, à trois sièges de là. Elle ne doit pas avoir trente ans, mais paraît usée par la vie, comme si elle en avait déjà trop vu. Ses cheveux bruns et lissés sont déployés derrière ses épaules. Elle remonte vulgairement le bustier de sa robe bleue sans bretelles en plongeant presque toute la main dans son décolleté. Il la trouve profondément répugnante. Le désespoir suinte de tous ses pores et se mêle à ses illusions de prestance. Ce soir, il va réaliser ses rêves.

D'un geste, il appelle la barmaid. Elle s'approche d'une démarche nonchalante.

— Qu'est-ce que je vous sers ? demande-t-elle en s'essuyant les mains sur son pantalon.

— Elle, qu'est-ce qu'elle boit ?

La serveuse se tourne dans la direction qu'il indique et lâche un rire.

— Oh, elle carbure au Cosmo.

Elle lui adresse un sourire en coin, s'accoude au comptoir.

— Vous voulez que je lui serve un whiskey pour voir ce qui se passe ?

Les barmaids savent repérer les imposteurs aussi bien que lui, ce qui en général leur vaut son respect.

— Servez-lui un autre Cosmo, et dites-lui que c'est de ma part, s'il vous plaît.

Il glisse quelques billets sur le comptoir qu'elle attrape en posant la main dessus.

— Ça marche.

Il l'observe pendant qu'elle prépare le cocktail rose puis pose le verre devant le nouveau lièvre de Jeremy sans en renverser une goutte. Il est impressionné. La femme est étonnée, mais le plaisir l'emporte vite. Elle s'enhardit à présent, et lisse ses cheveux en arrière avec une expression de suffisance qui ne dissimule pas ses traits tirés. Elle regarde l'homme que lui désigne la serveuse. Elle bat des cils et invite Jeremy à la rejoindre d'un geste de la main. *Je la tiens.*

— J'espère que ce n'est pas trop présomptueux de ma part, dit-il en s'installant sur le tabouret voisin du sien avec son sourire désarmant.

— J'espérais que tu viendrais me parler.

Elle se penche vers lui en pressant les bras contre elle pour accentuer son décolleté. Être si près le met mal à l'aise : elle empeste le tabac froid et le café, et son haleine qui lui parvient par vagues lui donne la nausée. Il persévère malgré tout, se concentre sur la suite.

— Eh bien, c'est ton jour de chance alors. Comment tu t'appelles, ma jolie ?

Il manque de s'étrangler en prononçant ces mots, mais parvient à conserver une voix assurée. Elle se mordille la lèvre.

— Tara, répond-elle dans un souffle.

Elle laisse traîner le dernier « a » dans une tentative de séduction pitoyable et il doit se retenir de toutes ses forces de ne pas lever les yeux au ciel. Sans surprise, elle ne lui demande pas son prénom.

— Salut, Tara. Moi, c'est Jeremy.

— Tu n'as pas une tête de Jeremy.

Elle a dit ça dans un roucoulement et pose maintenant son menton sur sa main en battant des cils. Il s'oblige à sourire.

— Je crois que je ne me comporte pas non plus comme un Jeremy, réplique-t-il, sans savoir ce que ça signifie, mais ravi que sa repartie lui vaille un gloussement de la part de sa nouvelle amie.

C'est trop facile. Mais ça lui conviendra finalement pour ce soir. Pas de projets trop complexes. Il a juste besoin d'un exutoire. D'un retour aux bases. Il suffit de la faire monter en voiture avec lui, et à partir de là il sera libre d'aller où ses désirs le mènent.

Il prend un moment pour l'observer pendant qu'elle sirote son cocktail. Elle repose son verre et s'essuie rapidement le nez du bout du doigt. De la même main, elle se caresse les cheveux, les passe d'un côté tout en jetant la tête en arrière. À cet instant, il remarque la petite croûte de sang à l'intérieur de sa narine. *Bingo !*

— Je t'ai regardée, ce soir, Tara.

Il sourit en la voyant briller de joie.

— Le simple fait de te voir m'excite déjà.

Elle adore ça et se penche encore vers lui pour lui offrir une vue plongeante sur sa poitrine généreuse.

— Mais je me doute que tu es le genre de femme qui sait ce qu'elle veut. Tu n'es pas de celles qui se laissent embobiner par de belles paroles.

Elle le jauge et se mord la lèvre avant de susurrer :

— Ça, c'est sûr.

Sa réponse le crispe, mais il se force à se rapprocher un peu plus d'elle. Comme il le soupçonnait, sous ses apparences de femme mature, elle n'est qu'une ado en chaleur. Il sort son va-tout :

— J'ai de la coke chez moi. On y va, propose-t-il.

Son regard s'illumine. Elle passe cette fois sa langue sur ses lèvres d'une façon qu'elle croit sûrement aguicheuse.

— Allons-y, insiste-t-il.

Elle acquiesce en se collant presque à lui. Il jette quelques billets sur le comptoir en guise de pourboire pour la barmaid et se lève, la main tendue vers elle pour attraper la sienne.

L'atmosphère enfumée et étouffante du pub est remplacée par l'air frais de la nuit. Il ouvre la portière côté passager avant que Tara se glisse en douceur sur le siège. Tandis qu'il contourne la voiture, il se prépare mentalement et étudie ses possibilités. Il pourrait la ramener chez lui. Mais il n'a pas envie d'attendre pour se soulager. Avant de s'installer au volant, il salue de la tête un homme en train de fumer sur le trottoir. Celui-ci semble énervé, comme s'il venait de se disputer avec quelqu'un. Il décoche à Jeremy un regard perplexe puis lui adresse un doigt d'honneur, écrase sa cigarette et rentre dans le bar.

Les gens ont une curieuse manière de confirmer le mépris qu'ils lui inspirent quand il en a le plus besoin.

Il conduit en silence un moment. De temps à autre, Tara interrompt ses pensées avec des remarques inutiles. Tout en roulant sur les routes secondaires bordées d'arbres de La Nouvelle-Orléans, Jeremy décide de l'endroit où il va l'emmener. Il s'engage sur un chemin de terre sombre et détourne son attention en lui faisant la conversation.

— Qu'est-ce que tu fais dans la vie ? lance-t-il en se préparant à feindre l'intérêt pour le métier quelconque dont elle va se vanter.

— Je suis avocate, répond-elle, le visage orienté vers la fenêtre.

Cette information est la première chose qui le surprend chez elle. Il laisse échapper un gloussement sceptique.

— Vraiment ? Avocate ?

Elle pivote vers lui et le fixe d'un regard vitreux.

— On dirait que ça t'étonne.

— Parce que ça m'étonne, oui.

Il secoue la tête. Elle ne ressemble pas du tout à une avocate. Mais il se demande à quoi une juriste devrait ressembler au moment de la fermeture d'un bar de quartier. Cette femme s'offre quelques passe-droits avec sa carte de membre du barreau avant de sniffer une ligne et de se griller quelques neurones.

Elle lâche un petit rire puis secoue elle aussi la tête.

— Eh bien, j'ai le titre, mais je viens juste de perdre le premier boulot que j'ai eu après mon diplôme, avoue-t-elle.

Elle se retient de fournir une explication et baisse sur ses mains ses yeux remplis de honte. Il devine qu'elle a envie d'en parler. Elle cherche un compagnon pour s'épancher, mais ce ne sera pas lui. Non, elle ne trouvera aucune compassion ni aucun conseil avisé auprès de lui. Il s'est immiscé dans son monde par jeu, et c'est tout ce qui l'intéresse. Elle le dévisage une seconde et se retourne vers la vitre quand elle comprend qu'il ne va pas la questionner.

— Bon, où est-ce que tu habites, exactement ? demande-t-elle en remuant, mal à l'aise, sur le siège, soudain accablée par le poids de son imprudente décision. Est-ce que je dois m'inquiéter de te voir rouler en direction des bois ?

Elle s'éclaircit la gorge, essayant de faire passer sa nervosité pour un gloussement. Sourire aux lèvres, il reste concentré sur la route.

— Inutile d'être nerveuse, maître. Je vis un peu à l'écart.

Malgré ses efforts pour paraître décontractée, l'inquiétude continue de la gagner.

— Tu vis dans le coin ?

— Pas sur cette route, mais pas loin.

La route en question est sombre et cahoteuse. Un marais émerge sur leur gauche et des cyprès chauves se serrent, menaçants, sur leur droite.

— Pourquoi on va par là si tu n'y habites pas ? lâche-t-elle d'un air faussement bravache.

Elle s'accroche à sa ceinture comme à une arme.

Il s'arrête sur un sentier et coupe le moteur. Au bout d'un moment, il se tourne vers elle, un sourire toujours plaqué sur ses lèvres.

— Il fait si doux, ce soir. J'ai pensé qu'on pourrait faire une promenade, affirme-t-il.

— Il fait plus noir que dans un four, proteste-t-elle.

Pour toute réponse, il descend de voiture. Sans pouvoir refuser de le suivre tel un agneau en route pour l'abattoir, elle l'imite. Il la sent se crisper quand il approche. Retenir son souffle lorsqu'il se penche. Mais ce n'est que pour attraper par la vitre ouverte une torche électrique dans la boîte à gants. Il l'agite devant elle puis l'allume. Le son mécanique transperce le silence.

— Plus maintenant, rétorque-t-il avec un clin d'œil en lui prenant la main.

Tout au fond d'elle, elle sait qu'elle est en danger. Ses muscles se contractent et ses pupilles se dilatent. Ensemble, ils cheminent dans l'obscurité à la faveur de la lune, presque pleine, qui confère aux lieux une étrange lueur. Tara s'agrippe à la main de Jeremy comme une enfant à celle de ses parents. Il la lui serre dans un geste faussement rassurant. Ils marchent pendant quelques minutes sans rien dire, scrutant tous les deux les alentours, chacun pour des raisons différentes.

— C'est plutôt joli, en fait, ici. C'est un peu flippant mais joli.

Elle sursaute quand une brindille craque dans le noir ; de peur, elle se rapproche machinalement de lui. Il ne peut retenir un sourire devant l'ironie de la situation. Il est de loin la plus grande menace pour elle dans ce bayou.

— Oui, mais tout ce qui vaut la peine d'être admiré est un amalgame de beau et d'effrayant. C'est ennuyeux de n'appartenir qu'à une seule catégorie.

— Tu imagines sûrement que je ne sais pas ce qu'amalgame signifie, hein ?

Elle s'arrête et le dévisage avec un sourire qui la fait paraître plus séduisante que dans le bar mal éclairé. Il se tait, attend qu'elle se remette à marcher. Ils s'avancent vers un banc en bois posé au bord de l'eau. Taillé grossièrement, mais accueillant, il rend le marais répugnant presque paisible. Ils s'asseyent côte à côte et contemplent le reflet de la lune à la surface de l'eau sombre.

— J'ai passé l'examen du barreau. Crois-le ou non, grosse poitrine ne rime pas avec stupidité.

Il ne répond pas tout de suite, il fait mine de se gratter la jambe pour vérifier à sa cheville la présence de l'étui contenant son couteau de chasse.

— J'avoue, dit-il en se redressant. Tu es le parfait exemple qu'il ne faut pas juger un livre à sa couverture.

Elle glousse doucement, lui donne un petit coup d'épaule par jeu.

— C'est un compliment un peu étrange, mais je l'accepte.

— C'est généreux de ta part.

— Comment se fâcher devant ce visage ? réplique-t-elle en posant une main sur sa joue.

Elle ferme les yeux et se penche pour l'embrasser. Il n'hésite qu'une brève seconde puis avance ses lèvres jusqu'à frôler les siennes. Dès qu'il sent son souffle sur sa peau, il murmure :

— Tu devrais t'enfuir.

Les mots glissent hors de sa bouche. Elle laisse échapper un hoquet de stupeur et esquisse un sourire nerveux. Elle se recule légèrement pour l'observer.

— Quoi ?

— Tu m'as très bien entendu.

Son sourire s'évanouit. Elle s'écarte et murmure, incrédule :

— Ce n'est pas drôle.

— Ce n'est pas censé l'être.

Il sent presque son regard s'assombrir lorsqu'il sort son couteau. Il le brandit devant lui, l'inspecte et admire le reflet de la lune sur la lame. Tara est pétrifiée, seuls ses yeux courent de l'arme au visage de Jeremy. Ses traits trahissent les profonds regrets qu'elle nourrit.

— Maintenant, cours ! crie-t-il sans même lui prêter attention.

Du coin de l'œil, il la voit s'élancer dans la nuit en gémissant. Il se lève, lui accorde une petite avance avant de partir dans la même direction. Elle n'a nulle part où aller. Il l'a conduite sur un sentier sans issue, flanqué de marais et entièrement ceint de fil barbelé. Les efforts du service municipal pour maintenir les alligators à distance l'ont enfermée avec son véritable prédateur. Elle n'a pas d'autre choix que de l'affronter ou de nager.

Il connaît bien l'endroit. Son père avait l'habitude de l'y emmener pour chasser le cochon sauvage quand il était petit. Il a appris la patience pendant les longues soirées qu'ils passaient ensemble, à attendre le gibier sur ce terrain de jeu reculé. Ils réussissaient toujours à profiter pleinement de leurs excursions illicites sans qu'intervienne la police locale. C'est un souvenir agréable, le marais à la tombée de la nuit.

La chasse nocturne est une leçon sur la peur. On y apprend à contrôler ses instincts et à accepter les sons inhabituels qui jaillissent des moindres recoins une fois le soleil couché. Les créatures elles-mêmes savent que le silence est un mythe. C'est la nuit que c'est le plus bruyant. Jeremy est capable de faire la différence entre la centaine d'espèces qui participent à ce concert. Un vrai chasseur peut faire le tri pour n'entendre que la proie de son choix. Là, son ouïe aiguisée l'informe qu'il est sur la bonne voie. Bien sûr, ce n'est pas le cochon sauvage qu'il traque ce soir. Il met en pratique d'une autre manière les innombrables talents qu'il a aiguisés ici avec son père. Il a trouvé une proie bien plus excitante.

À travers la cacophonie, il capte le bruit d'une brindille qui craque sur sa droite. Elle a cessé de courir. Il marche tranquillement, laisse la terre absorber ses pas. Il avance le cœur léger.

— Calme-toi, Tara ! Est-ce que tu savais que lorsqu'un animal est effrayé avant d'être abattu, sa viande est moins bonne ? C'est une question de dégradation de l'acide lactique.

Il perçoit un sanglot. Elle respire si fort qu'elle est facilement repérable au milieu du vacarme.

— Oh, Tara. Je ne veux pas te manger ! s'esclaffe-t-il en écrasant une branche cassée. Mais c'est intéressant, non ? Crois-tu que quelqu'un a déjà goûté de la viande au meilleur de sa forme ? Après tout, comment un animal pourrait-il être serein avant la mort ? Tu aimes mes petites anecdotes, n'est-ce pas, Tara ?

Il crie son nom dans l'obscurité. Elle se remet à courir. Elle s'élance à travers les buissons, bute contre des obstacles, s'éloigne le souffle court. Sa panique est palpable, même dans l'opacité qui les entoure. Il se met à courir lui aussi. Il laisse les branches lui fouetter le visage tandis qu'il navigue sur ce terrain familier et profite de la poussée d'adrénaline et du frisson débridé que lui procure cette chasse traditionnelle.

Devant lui, Tara est comme aveugle. Il l'entend s'arrêter et repartir plusieurs fois alors qu'elle tente de se repérer dans le noir. Pendant une minute, elle émet des bruits qui indiquent sa position. Puis, soudain, le tapage cesse. Il s'immobilise aussi. Planté au milieu des arbres, il tend l'oreille. Elle se cache, suppose-t-il. Elle ignore qu'il connaît ces bois comme sa poche. Qu'il sait où un petit cochon effrayé irait se terrer. Il respire l'air frais et lève la tête vers le ciel, vaste et clair, encadré par les branches de cyprès qui essaient de l'attraper.

Il enfile ses lunettes à vision nocturne et attend que ses yeux s'habituent. Son père lui a aussi enseigné comment utiliser du matériel de détection thermique pour traquer les prédateurs qui, comme lui, sortent la nuit. Le monde lui apparaît en vert, maintenant. Une barrière de cyprès se dresse devant lui, percée de quelques zones marécageuses et de roches.

— Tara ! appelle-t-il en brisant le silence. Je vois tout, Tara. Si tu te remets à courir, je te tire dessus.

Il ment. Il n'a pas d'arme à feu dans ces bois. Il veut juste la faire paniquer un peu plus. Accélérer la réaction de son instinct de survie, forcer son amygdale à donner le signal d'alerte d'une menace proche. Il doit patienter quelques secondes que son hypothalamus déclenche le système nerveux sympathique et révèle sa cachette. Son cœur bat plus vite à présent, ses poumons se dilatent pour aspirer un maximum d'oxygène, augmentant sa vivacité, mais créant plus de bruit à mesure que sa respiration s'accélère. Il se concentre sur cette respiration. Il commence à la suivre. Il l'imagine accroupie dans la forêt, s'efforçant d'ignorer les créatures qui rampent sur ses jambes nues. Ce doit être une torture pour une fille comme elle, qui a été arrachée à son élément.

Il examine les alentours à travers ses lunettes. Tout ce qu'il voit est baigné d'une lueur verdâtre alors que pour Tara il fait aussi noir que sous la cagoule d'un bourreau. Il avance, attiré par son souffle haché et frénétique. Elle l'entend qui approche, mais elle a beau essayer de toutes ses forces, elle ne peut pas le voir. Elle sent la peur s'emparer de son corps, remplacer le sang dans ses veines.

Quand elle trébuche entre les buissons, il s'interrompt un instant, aux aguets. Le bayou va œuvrer pour l'aider, mais il la piègera encore plus. Elle court en direction du sentier qu'ils ont emprunté plus tôt, sans se douter une seconde qu'elle fonce tout droit dans son piège.

Il s'élance vers elle, surgit de derrière les arbres. Elle se retourne pour voir ce que la lueur de la lune lui éclaire. Son visage est baigné de terreur. Jeremy sourit de toutes ses dents, il marche vers elle, son couteau brandi. Et Tara, vulnérable, hurle avant de se remettre maladroitement à galoper. C'est comme si elle courait dans le sable. Il saisit l'opportunité et ramasse par terre deux pierres de la taille d'une balle de tennis.

— Attention ! crie-t-il.

De surprise, elle se fige et se couvre la tête. Il jette de toutes ses forces une des pierres qui la touche à la jambe. Elle tombe en gémissant de douleur et de stupeur, se tâtant la cuisse. Il lance la deuxième pierre. Elle ricoche sur son crâne en produisant un craquement. Tara s'affale en se tenant la tête.

— Arrête, s'il te plaît ! l'implore-t-elle.

Mais il n'arrête pas. Il avance vers elle lentement. Alors qu'il s'accroupit près de son corps recroquevillé au milieu du chemin, elle essaie de le frapper. Il attrape son poignet et l'approche de son autre main qui tient le couteau. Il peut sentir son pouls sous ses doigts. Il transperce sa paume de sa lame. Elle hurle, tente de retirer sa main blessée. Quand son cri se transforme en sanglot, il jubile. Il a de nouveau le contrôle.

— Il y a quelqu'un ?

Une voix masculine s'élève au creux de la nuit. Deux faisceaux lumineux apparaissent au bout du sentier.

— Vous êtes blessé ? demande une autre voix.

Jeremy distingue les silhouettes de deux hommes. Il plaque ses doigts sur la bouche de Tara alors que la panique s'infiltre dans ses veines. Ils ont entendu Tara. Il n'a pas inspecté les lieux avant de venir, ce soir. Il a agi sur une impulsion et il n'a pas pensé aux chasseurs qui traquent le gibier comme il le faisait avec son père.

— Nous ne vous voulons aucun mal. Nous voulons vous aider, lance le premier d'une voix rassurante en balayant le sentier du faisceau de sa lampe.

Tara a les yeux exorbités, elle implore en silence ces hommes de la secourir, mais ils ne la voient pas. Pas encore. Une pointe de frustration transperce Jeremy qui commence à étudier ses options. Au bout du compte, il n'y a qu'un chemin à suivre.

Bâillonnant toujours Tara d'une main, il lui soulève le menton pour la regarder dans les yeux. Il s'accorde une dernière seconde pour savourer le moment avant l'arrivée de ses sauveurs puis il pose son couteau sur sa gorge qu'il tranche d'une oreille à l'autre. Sitôt son geste terminé, il laisse tomber Tara au sol et part en courant. Elle crachote dans son dos. Les deux indésirables se précipitent vers le son des gargouillis.

Des respirations hachées s'échappent de son larynx entaillé quand ils arrivent près d'elle. La plaie est profonde et étendue. Les chasseurs hurlent des instructions, l'un d'eux appelle une ambulance quand l'autre tente frénétiquement de stopper l'hémorragie. Ça ne servira à rien, cependant. Jeremy est convaincu qu'il a sectionné la carotide. Elle sera morte dans quelques minutes, son corps pompant sa force vitale qu'il répand sur le sol.

Lui court sans s'arrêter ni se soucier de l'agitation derrière lui, s'éloignant toujours plus à chaque foulée.

Il s'engouffre dans sa voiture et démarre, phares éteints, dans un nuage de graviers et de poussière. Il se sert de ses lunettes à vision nocturne pour regagner la route principale. Personne ne le suit. Les hommes sont trop occupés à essayer de sauver la femme déjà condamnée.

Jeremy roule, rallume ses phares et retire ses lunettes quand il estime avoir mis suffisamment de distance entre eux et lui. Il ouvre la boîte à gants et y attrape son téléphone pour lancer sa playlist en lecture aléatoire. *Pretty When You Cry* de Vast s'élève. Jeremy prend une grande inspiration pour se calmer. C'était une mauvaise journée. En cet instant, il sait qu'il aurait mieux fait de rester chez lui. Il aurait dû gérer les conséquences de sa dernière erreur avant d'ajouter un autre fiasco à la liste.

Il a la certitude que Tara va mourir. Mais cette exécution bâclée le contrarie. Il a plongé sans vérifier la profondeur de l'eau. Il s'est montré impétueux et stupide. Il a agi en suivant son instinct animal et ignoré sa raison. Sans réfléchir, il braque le volant et se gare sur le bas-côté. La poussière danse dans la lueur des phares. Du poing, il martèle le volant, hurle sur le tableau de bord. La main douloureuse et le souffle court, il se rencogne dans son siège et crie encore. Tout son stress et sa frustration, tout son mécontentement et sa déception jaillissent dans ce cri primal rugi le long d'une route déserte dans le bayou. Les larmes roulent sur ses joues sales.

Sa poitrine palpite avec raideur. Il remet le contact et file en direction de chez lui. Il monte le son de la musique, espérant y noyer ses pensées, mais elle ne fait qu'alimenter la colère qu'il ne peut plus contrôler. Il avale le bitume en sachant que ses jours ici sont comptés.

28

Le portable de Leroux vibre dans la poche de son manteau.

— Leroux, répond-il avant de tapoter l'écran pour mettre l'appel sur haut-parleur.

— C'est Will. On a une nouvelle victime.

Il a lâché son information comme une bombe. Leroux grimace pendant que le cœur de Wren se serre.

— Oh, Seigneur, murmure-t-elle en se frictionnant le visage, atterrée.

— Où ? demande Leroux.

— On l'a trouvée dans une zone de chasse près de Bayou Tortue Road. Mais attends, elle est vivante et consciente.

Une lueur brille dans les yeux de Leroux.

— Elle peut parler ? s'enquiert-il sans oser y croire.

— Pas vraiment. Elle est en vie, mais elle ne peut pas parler.

— Qu'est-ce que ça veut dire, ça, bordel ?

— Rejoins-moi au centre médical universitaire. Je te ferai le topo là-bas.

Dès qu'il raccroche, Wren annonce la couleur :

— Je viens avec toi.

Elle commence à se laver les mains dans l'évier. Leroux l'observe. Il s'apprête à répondre, mais s'abstient.

— Épargne-moi ton inquiétude. J'apprécie ta sollicitude, mais je veux connaître l'histoire de cette femme. J'en fais partie.

Elle se sèche les mains et le fixe d'un regard déterminé. Il laisse le silence s'installer entre eux puis, avec un geste du menton en direction de la porte, il lance :

— Allons-y.

*

* *

Lorsqu'ils arrivent au centre médical universitaire, Will se tient devant l'entrée, en pleine discussion avec un médecin. Leroux fonce droit sur eux et interrompt leur conversation pour s'enquérir sans aucun préambule de quoi il retourne.

— Docteur Gibbons, je vous présente l'inspecteur John Leroux et le Dr Wren Muller.

Le médecin tend la main à Wren qui la lui serre avec courtoisie.

— Nous nous sommes déjà rencontrés. Heureuse de vous revoir, docteur Gibbons.

— C'est toujours un plaisir, docteur Muller. Et ravi de faire votre connaissance, inspecteur.

— De même. Alors, qu'est-ce qu'on a ? insiste Leroux en échangeant une poignée de main ferme avec le médecin.

Ce dernier acquiesce, avant de commencer :

— Maintenant que nous sommes au complet, allons en discuter en privé.

Il les invite à le suivre à l'intérieur du bâtiment et les conduit dans une petite pièce pourvue d'une table et de quelques chaises, destinée à accueillir les familles des patients en attente de nouvelles de leurs proches. Will et Wren s'asseyent en face du Dr Gibbons, Leroux reste debout, agité.

— Je vous écoute, dit-il, une fois la porte refermée.

Will consulte un calepin et se met à lire ses notes comme s'il récitait une liste de courses.

— Tara Kelley, femme blanche de vingt-neuf ans. Retrouvée cette nuit par deux chasseurs dans le parc Elmwood près de Bayou Tortue Road. Les témoins ont déclaré avoir entendu des cris et de l'agitation. Lorsqu'ils sont arrivés près d'elle, elle se tenait la gorge. On venait juste de la lui trancher.

— C'était lui ? l'interrompt Leroux en s'appuyant sur la table.

— Possible. Même si un tel manque de rigueur est surprenant de sa part. Ça ne correspond pas vraiment à son mode opératoire. Mais il faut croire que tous ces tarés commettent des erreurs au bout d'un moment.

Le Dr Gibbons garde le silence. Il attend patiemment son tour, les lèvres serrées. Leroux secoue la tête, tape du plat de la main sur la table.

— Bon sang ! Mais elle va s'en tirer, n'est-ce pas ? demande-t-il en s'adressant cette fois au médecin.

Wren connaît déjà la réponse, mais elle se tait. Elle tente de conserver une attitude professionnelle et de prendre du recul.

Le médecin s'éclaircit la voix.

— La réponse courte est oui, elle est stable. La blessure est grave, l'entaille profonde sur toute la face du cou, d'une oreille à l'autre. Son agresseur a clairement cherché à sectionner la carotide, mais elle n'a été touchée que superficiellement. Sans doute par précipitation plus que par maladresse. Elle a souffert d'une importante hémorragie, mais grâce aux hommes qui l'ont trouvée, la perte de sang n'a pas été fatale. Elle est sortie du bloc opératoire il y a une heure.

Les yeux du Dr Gibbons luisent du même épuisement que ceux de Leroux.

— Quand pourrais-je l'interroger ?

— Eh bien, elle n'est pas en état de s'exprimer pour le moment. Son agresseur a réussi à sectionner le nerf laryngé et à endommager ses cordes vocales. Elle ne pourra pas parler tant qu'elle n'aura pas cicatrisé.

Le Dr Gibbons s'interrompt un instant pour prendre une feuille dans le dossier posé devant lui. Il la fait glisser sur la table à l'attention de Will et de Leroux.

— Les ambulanciers qui l'ont amenée ont indiqué qu'elle essayait désespérément de communiquer. Ils lui ont fourni une feuille et un stylo ; voici ce qu'elle a écrit.

La page qu'ils contemplent est froissée et tachée de sang sombre. À l'encre bleue, tout juste lisible, un seul mot : Jeremy.

Wren sent son pouls s'accélérer. Le choc la tétanise comme une décharge électrique. Même si elle s'en doutait, elle peinait encore à croire que cet homme se soit baladé tranquillement en Louisiane pendant tout ce temps. Jusqu'à ce qu'une femme agonisante le lui confirme.

— Qui est Jeremy ? questionne Will, ignorant tout de l'histoire.

Le Dr Gibbons poursuit après s'être de nouveau raclé la gorge.

— Lors de l'admission de la victime à l'hôpital, les agents dépêchés sur les lieux nous ont confié quelques affaires collectées dans le périmètre immédiat du corps, dont le reçu d'un bar où elle se trouvait plus tôt dans la soirée. Je vais demander à ce qu'on vous le remette. Messieurs, bonne chance. Docteur Muller.

Il les salue d'un geste de la tête et prend congé.

— Merci, docteur Gibbons, crie presque Leroux dans son dos.

— Leroux, qui est Jeremy ? Qu'est-ce qu'il se passe ici ? insiste Will qui a remarqué les regards échangés entre Wren et son collègue.

— Je te mettrai au parfum plus tard.

Will est sur le point de protester quand on frappe à la porte. Leroux va ouvrir à un jeune aide-soignant qui tient un sac d'hôpital.

— Inspecteur Leroux ?

Ce dernier lui présente sa carte de police et saisit le sac avec empressement. Il y cherche aussitôt le reçu. Il a été émis au pub *O'Grady* à 1 h 22 du matin. Le nom rattaché à la carte de crédit utilisée est Tara Kelley. Le détail indique qu'elle a pris deux Cosmos et une assiette de frites.

Leroux consulte sa montre et tend le reçu à Will après avoir composé le numéro du bar. Il tombe sur le répondeur qui lui apprend qu'il n'y aura personne avant midi.

— Ici l'inspecteur John Leroux, de la police de La Nouvelle-Orléans. Merci de me rappeler dès que vous aurez ce message.

— Fermé ? interroge Will.

— Je demande à Cormier de me dégoter les coordonnées du propriétaire pour qu'on puisse se rendre à son domicile, annonce-t-il en tapotant sur son portable. Je veux savoir s'il a vu Tara avec quelqu'un hier soir.

Will pousse un soupir.

— Muller, tu viens avec nous ?

Elle questionne Leroux du regard.

— Si tu te sens d'attaque, accepte-t-il.

Son téléphone émet un bip et il découvre une adresse et un numéro de portable affichés sur son écran.

— Allons rendre visite à Ray Singer.

Ils repartent ensemble de l'hôpital. Le soleil brille et deux camions de la télé sont garés devant l'entrée. Cette dernière victime va faire les gros titres, et vite. Wren contemple le spectacle avant de prendre place sur le siège passager dans la voiture de Leroux. Jeremy est toujours dans la nature, à reproduire les mêmes horreurs qu'il lui a fait subir il y a des années. Mais cette fois, elle va l'arrêter pour de bon.

29

Jeremy se réveille après un sommeil agité. On est dimanche, le jour que le reste du monde consacre au repos, mais lui ne le trouve pas. Les événements de la veille pèsent encore sur lui. Il se sent fragile. Une vulnérabilité qu'il n'avait pas ressentie depuis longtemps mais qui, ces derniers temps, est presque constante. Il allume le poste de télévision, certain que la nouvelle de la mort de Tara fera la une. Il devrait être fier, mais son travail bâclé entache sa victoire. Dès les premières secondes du journal télévisé, son cœur s'arrête.

« La victime, Tara Kelley, vingt-neuf ans, a été conduite en urgence au centre médical universitaire où son état reste critique », annonce le présentateur comme si c'était secondaire. C'est pourtant une information capitale qui porte un sérieux coup à Jeremy. « Devons-nous craindre la présence d'un tueur en série ? » interroge le journaliste, qui salive déjà à l'idée de couvrir d'autres crimes.

C'est écœurant, vraiment, cette façon qu'ils ont de s'exciter pour un meurtre. Évidemment, c'est dans la nature humaine d'être curieux, d'explorer, de fouiller dans les recoins les plus sombres de sa psyché. C'est vrai, qui est-il pour juger ? Mais quelque chose le dérange dans ces actualités délivrées avec des sourires forcés. Le journaliste à l'écran déclare que la victime a été en mesure de fournir un élément essentiel à la police. Il se fige, attend la suite, mais il n'en saura pas plus. Ils tiendront informés les téléspectateurs quand ils auront d'autres nouvelles.

Jeremy déglutit avec difficulté. Encore un fiasco. Emma est morte. La ciguë a tu ses secrets à jamais. Mais c'est différent pour Tara. Il a agi sous le coup de l'impulsion, de façon imprudente. Dans sa hâte à se soulager, il n'a pas pris le temps de l'amener dans le périmètre sûr et contrôlé qu'est sa propriété ni même d'inspecter en amont cet autre terrain de jeu. Il a simplement supposé que le parc Elmwood serait désert, car il l'était quand il y chassait avec son père.

— Comment a-t-elle pu survivre ? se demande-t-il à voix haute.

Il sait que sa lame a tranché où il fallait. Jamais il ne raterait ce geste. Quoi qu'il en soit, il éprouve de nouveau l'échec d'avoir manqué sa cible. Cette erreur lui rappelle celle qui a conduit à l'évasion d'Emily il y a plusieurs années. Ces deux-là auraient dû être abandonnées sur place, elles auraient dû pourrir au soleil et n'être découvertes que trop tard.

— Et merde ! éructe-t-il en jetant sa cuillère dans l'évier avec violence.

Il s'adosse au plan de travail et contemple son intérieur. Il ne voit pas de solution pour sortir de ce mauvais pas et cette sensation ne lui est pas familière. Il pourrait s'enfuir ou déménager dans un endroit où ses faits et gestes seraient moins surveillés. C'est le seul choix qui s'offre à lui en réalité, mais d'abord, il veut mettre la Louisiane à genoux.

Il dévale l'escalier branlant, caresse du bout des doigts les pierres à nu des murs. Le sous-sol a été rénové avec un revêtement en béton pour plus de praticité, mais le squelette de la vieille cave en terre est toujours là. Son père n'a jamais pris la peine de donner une réelle fonction à cette pièce. Il s'en servait uniquement pour le stockage et accomplissait tout son travail à l'extérieur. À la mort de sa mère, Jeremy l'a transformée en atelier. C'était un espace intéressant, négligé depuis trop longtemps.

C'est peut-être la dernière fois qu'il peut toucher les murs, entendre les marches craquer et gémir sous ses pas. Il prend son temps. Il collecte mentalement les souvenirs. Il n'a jamais changé cette ampoule dans l'angle. La lumière tressaute depuis des mois. Au début, il oubliait simplement de le faire, distrait par les plaisirs qui l'attendaient quand il descendait. Puis il a fini par apprécier ce désagrément qui rendait la cave encore plus effrayante, qui la faisait ressembler au laboratoire d'un savant fou ou à l'atelier du tueur de *Massacre à la tronçonneuse*. Mais il ne va plus avoir besoin de cette ambiance glauque. Arrivé en bas, il attrape une ampoule neuve dans le carton sur l'étagère et dévisse sans difficulté celle qui faiblit pour la remplacer. *Et voilà, c'est réparé.*

D'un coup, sans l'effet stroboscopique, tout s'adoucit. Il laisse son regard errer dans le sous-sol, regrettant de ne pas avoir plus de temps. Il le sait, ils ne tarderont pas à débarquer pour fouiller l'endroit de fond en comble. Bientôt, toutes ses affaires seront emballées dans des sacs de scellés et emprisonnées derrière la rubalise. Sa situation actuelle lui apparaît pire encore quand il songe que c'est une femme peu conciliante qui a fait s'effondrer son château de cartes.

Si c'est ainsi que les choses doivent se passer, il va veiller à prendre le contrôle sur tout ce qu'il peut. Il entre un code pour déverrouiller le congélateur d'une propreté immaculée. Un déclic perce le ronronnement de la climatisation. Il promène sa main sur le couvercle. Il est froid sous sa paume, et il tapote ses doigts dessus. Il l'ouvre. Le joint émet un bruit de ventouse qui lui fait penser à des poumons privés d'air trop longtemps. Un souffle frais lui parvient quand il baisse les yeux sur elle. Elle porte des marques de brûlures de congélation. Sa peau est lisse et givrée. Du sang macule encore ses joues. Après des semaines là-dedans, il a séché et tache maintenant son épiderme. C'est d'une beauté macabre.

S'il la retournait, il pourrait toucher le bandage sur ses lombaires. Il a réussi cette fois. Lors de cette expérience, il a sectionné avec succès la colonne vertébrale au niveau de la C6. Sa victime a aussitôt perdu l'usage de ses jambes, de son tronc et de ses bras. C'était ce qu'il était censé se produire sept ans auparavant. Depuis, il a appris de son erreur, il a perfectionné son geste.

Il est plus facile de travailler sur une victime invalide, mais le défi est moindre. Idéal pour un test de prouesse scientifique, moins pour une course d'endurance. Il a toujours voulu s'essayer à la lobotomie, depuis sa jeunesse à la bibliothèque. Elle a saigné plus qu'il n'imaginait lorsqu'il a planté le pic à glace dans son orbite. Sa première tentative pour atteindre le cortex préfrontal ne s'est pas déroulée comme prévu. Mais le père de la lobotomie au pic à glace a lui aussi connu quelques revers.

Il est vrai qu'il n'avait pas anticipé la difficulté de positionner son outil dans le bon angle. Même quand il a compris qu'il avait commis une erreur, il a continué la procédure et tourné le pic à l'intérieur du lobe frontal. C'est ce qui lui a été fatal. Elle a été secouée de spasmes et a convulsé. Ses yeux sont sortis de leur orbite et son corps s'est raidi au point qu'il a cru qu'il allait se briser. La douleur sur son visage était indescriptible. Il voyait les muscles de son cou et de sa mâchoire se contracter par réflexe. Elle aurait cassé toutes ses dents à force de les serrer s'il ne lui avait pas mis une boule dans la bouche. Le sang a coulé de son nez comme d'une bouteille de lait renversée et s'est répandu au sol. *À présent, on dirait du rouge à lèvres.*

Il caresse la peau déshydratée et savoure la sensation. Le sang frais a scintillé sur ses lèvres à ce moment-là, brillant et attirant. À présent, il rappelle les craquelures de la terre dans un désert aride. La boule est toujours entre ses dents, figée par le froid. Initialement, il s'agissait d'un entraînement, mais maintenant sa souffrance va servir une plus grande cause.

Il débranche le congélateur, laisse le couvercle ouvert. Lorsqu'ils viendront, ce sera son odeur qui les frappera au premier abord. Il ouvre aussi le placard pour dévoiler ses outils et ses armes. Sa préférence a toujours été la chasse au couteau. Même plus jeune, embrocher un cochon avec une lame bien aiguisée l'excitait bien davantage que de l'abattre de loin. Certaines situations requièrent de la distance cependant. S'il doit chasser du gros gibier, mieux vaut sortir l'artillerie lourde.

Il s'empare de son arbalète TenPoint et d'un carquois rempli de flèches en titane à pointes larges. Les deux lames de ces flèches garantissent une blessure de cinq centimètres sur la cible. Dégât maximum assuré sans poids supplémentaire. Il peut se déplacer avec aisance et rapidité, ce qui est essentiel compte tenu de ses projets. Après tout, c'est la première fois que sa proie sera en mesure de riposter.

30

Will les attend déjà, adossé à sa voiture, lorsqu'ils arrivent au domicile de Ray Singer. Leroux se gare à côté de lui.

— Je vais rester ici, annonce Wren quand il sort du véhicule. Histoire de faire le point.

— D'accord, répond Leroux. Nous n'en avons pas pour longtemps. Ne touche pas à ma radio.

Il lui tend les clés et part rejoindre son collègue.

— John, pourquoi faut-il toujours que tu me fasses attendre ? se lamente Will avec un geste de bras théâtral.

— Du calme, Broussard, rétorque Leroux en roulant des yeux.

Il rajuste sa chemise dans son pantalon tout en se dirigeant vers le perron. Il sonne et, presque aussitôt, un homme d'une cinquantaine d'années, à l'allure débraillée, vient lui ouvrir. Même à bonne distance, Wren peut suivre leur conversation.

— Police de La Nouvelle-Orléans, commence Will en brandissant sa plaque. Je suis l'inspecteur Broussard et voici l'inspecteur Leroux. Vous êtes bien Ray Singer ?

L'homme se crispe devant cette visite impromptue.

— Oui. De quoi s'agit-il ?

— Nous enquêtons sur une agression qui a eu lieu cette nuit. La victime se trouvait dans votre bar juste avant.

— Oh non ! C'est la femme dont on parle aux infos ? s'exclame-t-il, la mine atterrée.

Leroux acquiesce, puis il prend la parole.

— Nous souhaiterions interroger les serveurs et le personnel présents hier soir. Pouvez-vous nous fournir la liste de vos employés ainsi que leurs coordonnées ?

Encore sous le choc, Ray s'appuie au chambranle de la porte et passe sa main dans ses cheveux bruns en bataille.

— Attendez, le boucher était dans mon bar ? C'est ça que vous êtes en train de me dire ? Oh, bordel !

Leroux coupe court à ses lamentations.

— Nous voulons seulement savoir si vos employés ont vu quoi que ce soit hier soir qui sorte de l'ordinaire.

— Oui, bien sûr. Je partais ouvrir. Et eux ne vont pas tarder à prendre leur service. Vous pouvez m'accompagner.

— Parfait. Allons-y.

Alors qu'il revient vers sa voiture, le téléphone de Leroux se met à sonner. Il décroche, marque une pause avant de s'installer au volant.

— Leroux.

— Salut. Quelqu'un ici affirme avoir des informations sur la victime du parc Elmwood. Il se trouvait au pub hier soir.

— J'arrive tout de suite.

Sitôt la communication terminée, il interpelle Will.

— Je vais au poste, on a un témoin. Tu peux t'occuper d'interroger les serveurs tout seul ?

— Entendu ! lance son collègue. Tiens-moi au courant.

Leroux reporte son attention sur Wren et l'observe avec douceur, comme si elle était en sucre.

— Ramène-moi chez moi, John, demande-t-elle tout bas, le visage tourné vers la vitre.

Soudain, elle se sent accablée par le poids des événements et des révélations de la journée.

— Bien sûr, répond-il en démarrant.

La tension entre eux est lourde ; aucun des deux ne souhaite revenir sur ce qu'ils ont appris. Tandis qu'ils roulent en silence, Wren tend le bras par la fenêtre ouverte et laisse le vent fouetter sa peau.

31

Jeremy l'observe.

Dissimulé dans l'obscurité des arbres qui bordent sa propriété, il suit ses faits et gestes à travers les fenêtres de sa maison. Il la connaît maintenant, et il sait qu'elle va allumer toutes les lumières de la pièce. Emily n'est pas une trouillarde, mais elle fait toujours preuve d'une grande prudence et se méfie de ce qui peut se tapir dans l'ombre. Il a conscience qu'elle reste aux aguets et, malgré la nuit d'encre, il veille à ne pas sortir de sa cachette. Sa routine du soir n'a plus de secret pour lui : il sait où elle s'assied pour se détendre après une longue journée. Cela fait longtemps qu'il l'espionne.

Il attend. Parfaitement immobile, il écoute les insectes nocturnes invisibles qui bourdonnent autour de lui. Il trouve intéressant que, au creux de la nuit, les êtres humains semblent biologiquement programmés pour détecter le moindre bruit importun, même dans un environnement assourdissant. Il suffirait qu'il toussote pour être repéré. Alors que la forêt peut hurler des heures durant sans conséquence.

Jusque-là, il se contentait de l'épier et de lui laisser quelques indices de loin en loin. Il la regarde vérifier que toutes les fenêtres sont bien fermées, les portes bien verrouillées. Elle ne va jamais se coucher sans s'être assurée d'être totalement à l'abri.

Elle est méticuleuse et intelligente. Pourtant, grâce à la surveillance qu'il a opérée, il a découvert qu'il existe une faille à sa forteresse, un point d'accès qu'elle néglige constamment. En effet, son sous-sol n'est pas aménagé, si bien qu'elle n'y va jamais, ou rarement. Et avec son mari, ils prennent des précautions étranges : ils ont posé un énorme verrou sur la porte qui va du jardin à la cave, mais ils n'en ont pas installé sur celle qui va de la cave à la maison. Ils doivent se croire en sécurité avec cette unique fermeture extérieure.

Jeremy a repéré trois fenêtres à la cave. Deux sont des lucarnes trop étroites pour pouvoir s'y faufiler. La troisième est plus grande et s'ouvre de manière traditionnelle. C'est par là qu'il compte s'introduire cette nuit. Elle est pourvue d'un verrou, mais il est cassé. La première fois qu'il s'est approché pour l'examiner, il s'est méfié. Ça ne ressemble pas à Emily de laisser un accès vulnérable. C'est même complètement irresponsable de ne pas le réparer. Il est étonnant que cette maison n'ait pas déjà été visitée.

Lorsqu'il a creusé le sujet, il a eu la confirmation qu'elle n'était grippée que par plusieurs couches de peinture. Ce détail lui a fait supposer que le sous-sol était le terrain du mari et qu'Emily lui en avait confié l'entretien. L'imbécile a dû imaginer qu'il était inutile de remplacer un verrou défectueux quand l'ouverture est bloquée depuis longtemps.

Emily regarde à travers la vitre de la cuisine, une expression perplexe sur le visage. Elle semble plongée dans ses pensées. Avant de disparaître de son champ de vision, elle se tourne un instant dans sa direction, presque comme si elle pouvait le voir. Pendant une seconde, il a l'impression de sentir ses yeux sur lui. Évidemment, c'est impossible. Éclairée de son côté, elle ne fait face qu'à son reflet.

Les lumières s'éteignent, mais il ne bouge pas. Il va rester tapi encore un peu, afin d'être sûr qu'Emily et son mari sont endormis. L'attente ne le dérange pas. Une de ses qualités les plus utiles est sa patience sans borne. Une qualité qui lui a fait défaut ces derniers temps. Il ne commettra pas cette erreur ce soir. Il prend son temps et sort de sa cachette avec prudence. Deux heures et demie sont passées en un battement de cils. Une respiration. En un instant, s'il le décide.

Il avance sous le couvert de la nuit et gagne la fenêtre du sous-sol. Les couches de peinture sèche sont le seul obstacle entre Emily et lui. Son couteau, dissimulé dans sa botte, suffira à en venir à bout. Jeremy est préparé. Il se met à gratter le long du cadre. La vieille peinture jaunie se craquelle comme une coquille d'œuf sous la lame tout juste aiguisée. Des décennies de particules de plomb giclent et tombent dans l'herbe à ses pieds. Il se demande quand cette fenêtre a été ouverte pour la dernière fois, et qui l'a peinte ainsi. Ceux qui scellent une fenêtre d'une couche de peinture sont du genre à rechercher la facilité. Pour quelle raison voudrait-on accomplir un travail déplorable ? Peut-être parce que la société a toujours nourri la médiocrité.

Jeremy se réjouit de mettre fin au règne de ces failles de sécurité. La négligence conduit irrémédiablement à la vulnérabilité, et nul ne l'est plus que celui qui dort paisiblement dans son lit. Le contour creusé, il sort un tournevis de sa poche et l'y enfonce. Il tape dessus avec le manche de son couteau jusqu'à ce que le battant s'entrebâille dans un craquement. Les grains de poussière et les éclats de peinture volent dans l'obscurité quand l'air louisianais pénètre pour la première fois depuis longtemps dans la cave. Il se faufile à l'intérieur et atterrit sur un établi où sont posés un souffleur de feuilles et une panoplie d'outils de jardin. Il saute à terre, attend que son regard s'accoutume à la pénombre environnante.

L'escalier a vécu : le bois grince sous les pas de Jeremy quand il monte au rez-de-chaussée. Il pousse la porte qui donne sur la cuisine. Une lampe est restée allumée. Elle éclaire le coin où se situe la poubelle. Il se demande si quelqu'un a déjà eu le besoin imminent d'en trouver une au milieu de la nuit.

Il avance lentement, anticipant les craquements du plancher, inévitables dans les maisons anciennes. Il quitte la cuisine et gagne le salon où il a vu Emily s'asseoir très souvent. De sa main gantée, il caresse la vieille commode sur le mur de droite. Le meuble semble faire partie intégrante de l'habitation. Une myriade de petites babioles est exposée dessus, comme des trophées. Il ouvre un tiroir et y découvre un assortiment de pastilles à la menthe. Cet étrange contenu lui arrache un petit rire. Il referme en secouant la tête.

Il remarque des affaires à elle éparpillées aux quatre coins de la pièce. À l'évidence, Emily s'en débarrasse au gré de ses déplacements. Une bague sur une table, un bracelet sur le comptoir. Elle abandonne des miettes de pain qui permettent de retracer ses allées et venues. Il ne voit rien qui l'intéresse ; il n'y a pas ce dont il a besoin. Il poursuit son inspection avec la certitude qu'il reconnaîtra ce qu'il lui faut quand il le verra.

Au pied de l'escalier, il laisse son regard tenter de percer l'obscurité qui règne à l'étage, puis entreprend de gravir chaque marche avec prudence, comme dans une chorégraphie. Il sait que poser le pied au milieu les fera grincer. Avec des mouvements félins, il reste au plus près du mur, orné de cadres de photos dépareillés qu'il veille à ne pas toucher.

Arrivé sur le palier, il fait une pause. La porte sur sa gauche est fermée et il perçoit derrière le ronronnement d'un ventilateur. C'est là que dort Emily. Il lui a fallu plusieurs visites pour confirmer cette information, mais sa surveillance a payé un soir où elle a oublié de baisser le store de sa chambre. Il l'a vue se réveiller aux alentours de 3 heures du matin et se rendre à la salle de bains. Lorsqu'elle est revenue, elle a baissé le store après avoir jeté un rapide coup d'œil dans la rue.

Il prend une profonde inspiration puis s'avance sans bruit. Jeremy plaque ses paumes contre le chambranle. Il écoute la douce respiration, régulière, tout juste audible derrière le souffle du ventilateur. Il s'assied par terre, dos à la porte. Et y colle l'oreille pour mieux entendre.

Une heure s'écoule ainsi, lui assis devant la porte de la chambre. Il imagine Emily et son mari qui entrouvrent un œil, consultent l'heure sur le réveil sans se douter une seconde qu'il se tient tout près d'eux. Il a l'impression de violer leur intimité et de voler leur sentiment de sécurité. Qu'ils se pensent faussement à l'abri et qu'ils soient si vulnérables lui plaît beaucoup. Il se sent tout-puissant. Il pourrait les tuer tous les deux d'un seul coup de lame. Bien sûr, ce n'est pas son intention pour l'instant, même s'il en a envie. Ce n'est pas ainsi qu'il compte procéder, cette fois. Terminés les exutoires trop rapides.

Ce soir, il n'est pas là pour le sang. Il se met debout et prend le temps de calmer sa respiration. Il ne se sent pas nerveux. C'est l'excitation à l'état brut qui accélère son pouls. Il pose sa main sur la poignée qu'il tourne lentement. La porte s'ouvre sans bruit. Emily et son mari sont allongés, immobiles dans le lit en face de lui. Ils ne bougent même pas lorsqu'il entre dans la chambre. Il avance à pas de loup, laissant à ses yeux le temps de s'habituer à ce nouvel environnement. Il se dirige vers la gauche et s'accroupit du côté de son Emily pour examiner le contenu de sa table de chevet.

Près d'un livre de poche écorné, dans une coupelle, il y a une bague. Un gros anneau recouvert de diamants qui semble valoir une petite fortune. Elle ne le porte jamais en public. Il n'a jamais vu un bijou aussi ostentatoire à ses doigts délicats. De toute évidence, il est spécial pour elle. Jeremy a la conviction que c'est la bague dont elle lui a parlé durant l'une de leurs conversations il y a des années. Elle appartenait à sa grand-mère. Il s'en empare et remarque le cercle laissé dans la poussière qui indique qu'elle est posée ici depuis longtemps. Comme une présence réconfortante. C'est exactement ce qu'il recherche. Il la glisse à son auriculaire. Avant de se redresser, il contemple une dernière fois Emily. Elle est tournée de l'autre côté, le bras posé sur le drap. Sa chevelure auburn échappée d'un chignon est étalée sur l'oreiller. Elle serre la couverture dans son poing. Il hume son odeur. Elle sent le propre.

Il pourrait en finir maintenant. Il pourrait tendre le bras et lui briser la nuque sans qu'elle s'aperçoive de rien. Il pourrait lui planter le tournevis dans la tempe ou lui trancher la gorge avec son couteau. Il pourrait lui ôter la vie en une fraction de seconde. Ce sentiment de toute-puissance le submerge, il manque de lui faire compromettre ses plans.

Mais aussi vite qu'elle a déferlé, la sensation se retire. Ce n'est pas ainsi que doit se terminer leur histoire. Emily ne rendra pas son dernier souffle sans savoir qui le lui prend. Il traverse la chambre, saisit la poignée et la tient jusqu'à refermer la porte derrière lui.

Jeremy quitte la maison comme il y est entré. La fenêtre du sous-sol refermée, il aspire une grande goulée d'air nocturne. Caressant du pouce la bague à son auriculaire, il regagne le couvert des arbres et s'enfonce dans la nuit.

32

Wren consulte son téléphone. Les notifications de messages et les alertes d'infos s'empilent sur son écran, moqueuses. Elle a un appel manqué de Leroux, et un SMS dans lequel il la presse de le recontacter. Richard lui caresse l'épaule dans un geste de réconfort ; il s'assied en face d'elle à la table de leur cuisine et la couve d'un regard bienveillant. Elle a de la peine pour lui et le rôle qui est le sien dans cette histoire. C'est une situation tellement délicate, et pourtant, il l'affronte avec brio.

— Tu n'es pas obligée de t'impliquer, Wren, déclare-t-il après quelques instants de silence.

Elle le considère d'un air fatigué et l'esprit embrumé. Les coups n'ont cessé de pleuvoir ces dernières semaines. La veille, après que Leroux l'a ramenée chez elle, elle a essayé en vain de détourner ses pensées de l'affaire. Elle n'arrivait pas à se sortir de la tête les images des autres victimes. Notamment celle de la pauvre Emma allongée sur sa table froide et stérile. Et soudain, une idée l'a frappée. La ciguë. Quelle arme curieuse et particulière pour tuer ! Si rare, d'ailleurs, qu'en tant que médecin légiste, elle n'y a été confrontée qu'une seule autre fois dans sa carrière.

— Je sais. C'est gentil de me le dire, mais je dois révéler aux autres ce que je sais, explique-t-elle en jouant avec les bagues à ses doigts. Je suis sur cette enquête depuis des semaines. Et je vis dans la peur du boucher depuis des années. Peu importe la façon dont tout ça va se terminer, je dois apporter mon aide.

Richard acquiesce.

— J'ai confiance en toi. Mais ne te force pas, d'accord ? Ne rappelle John que lorsque tu seras prête.

— Rien ne vaut le moment présent, réplique-t-elle en se levant.

Elle compose le numéro de Leroux et s'éloigne, portable à l'oreille.

— Muller, salut, répond-il à la deuxième sonnerie.

— Salut. Avant toute chose, j'ai repensé à un truc. Est-ce que tu te souviens, il y a quelques années, de cette femme d'un certain âge que son fils adulte a amenée aux urgences ? Elle avait des antécédents de dépression et elle avait fait plusieurs tentatives de suicide. Selon son fils, ce soir-là, elle en avait fait une nouvelle en prenant un poison. Elle convulsait et avait des difficultés à respirer.

Wren marque une pause, attend une réaction de Leroux. Rien ne vient.

— Elle a fini sur ma table peu après son arrivée à l'hôpital, continue-t-elle. L'autopsie a révélé qu'elle avait ingéré de la ciguë avec un verre de vin.

— De la ciguë…, répète Leroux.

Wren l'imagine très bien en train de secouer la tête d'incrédulité et d'essayer de faire le lien. Elle poursuit :

— La pauvre femme était presque cassée de partout à cause des convulsions musculaires à répétition. Elle a à peine tenu dix minutes aux urgences avant de passer à la morgue.

C'est une mort abominable, raison pour laquelle ce n'est pas le premier choix en matière de suicide. Pourtant, rien n'indiquait un acte criminel.

— Maintenant que tu m'en parles, je me rappelle très vaguement cette histoire. C'était quand ? Il y a deux ou trois ans, non ? On s'était tous interrogés, c'est sûr, mais comme tu dis, il n'y avait rien de concret pour enquêter.

— Le seul autre empoisonnement à la ciguë auquel j'ai eu affaire dans ma carrière, c'était avec Emma, la femme retrouvée au cimetière.

— Tu penses que les deux dossiers sont liés.

— C'est lui, John. J'en suis sûre.

— Tu te souviens de l'identité de cette vieille femme ?

— Mona. Un prénom qui lui allait bien. J'ai déjà cherché dans les archives. Elle s'appelait Mona Louise Rose. Parent proche : Jeremy Calvin Rose.

À l'autre bout de la ligne, Leroux laisse échapper un sifflement. Wren, elle, fait les cent pas.

— Figure-toi que ce n'est pas la première fois que j'entends ce nom aujourd'hui, réplique Leroux. Nous avons parlé à Philip Trudeau. Tu avais raison, c'est bien l'homme que tu croyais, et son ami d'enfance se prénommait Jeremy Rose.

Wren a soudain la tête qui tourne. Sans aucun doute à cause de ce flot d'informations qui surcharge son cerveau fatigué et en manque d'énergie. Et probablement également à cause de son régime des derniers jours constitué d'en-cas achetés au distributeur.

Leroux rompt le silence et continue :

— J'ai aussi un témoin qui se trouvait au bar le soir de l'agression de Tara Kelley. Il l'a vue partir avec un gars.

Sa description n'est pas très utile. Il nous a juste dit que le type lui avait souri et que ça l'avait marqué.

Wren n'est pas étonnée. Cal avait un sourire particulier, surtout parce qu'il était un peu de guingois. Ce qui le rendait à la fois charmant et étrangement sûr de lui.

— Oui, je comprends qu'il ait pu s'en souvenir, commente-t-elle tout bas en jetant un regard à Richard qui suit la conversation avec inquiétude.

— Je vais voir s'il peut identifier formellement Jeremy Rose, reprend Leroux avant de s'éclaircir la voix. Je porterai une déclaration sous serment devant un juge dès qu'on aura une adresse pour le domicile des Rose. Il faut le serrer au plus vite, avant qu'il ne tente de s'enfuir. On raconte n'importe quoi aux infos, mais il doit se douter qu'il est mal barré.

— Je t'accompagne. Je veux venir avec toi quand tu auras le mandat.

— Wren, non ! C'est trop ! Tu en as déjà bien assez fait. C'est grâce à toi si on a l'identité de ce taré. C'est toi qui nous as mis sur la piste. Tu as gagné le droit de rester à l'écart.

— J'apprécie ta sollicitude, John, mais je viens avec toi. Qu'est-ce qui te dit qu'il n'y aura pas d'autres cadavres chez lui ? Il y a encore des personnes qui sont portées disparues et je ne serais pas surprise qu'elles soient en train de pourrir dans son marais. La présence d'un médecin légiste est indispensable.

— Wren…

Elle l'interrompt avant qu'il n'aille plus loin.

— En plus, ma présence pourrait contrarier ses plans, l'empêcher de fuir ou de se cacher. Après tout, il s'est donné un mal de chien pour attirer mon attention.

Leroux pousse un soupir.

— Hors de question que je t'utilise comme appât, Wren.

— Je sais. Mais j'ai besoin d'y être. Laisse-moi t'accompagner, l'implore-t-elle.

Silence au bout de la ligne. Leroux étouffe un juron, puis cède.

— Tu es une grande fille. Je ne peux pas t'interdire de venir, d'autant que tu as une raison professionnelle d'y être. Rejoins-moi au poste. Broussard vient d'arriver, je vais chercher les mandats.

— OK, à tout à l'heure.

Elle raccroche et se tourne vers Richard, dont les traits sont crispés par l'inquiétude.

— Je ne veux pas que tu y ailles, dit-il avec conviction.

Elle sait que ses craintes sont fondées. Si la situation était inversée, elle refuserait aussi qu'il se jette dans la gueule du loup.

— Richard, je comprends que tu trouves ça effrayant, commence-t-elle en s'asseyant à côté de lui.

— Ce n'est pas effrayant, Wren. C'est épouvantable. Et tellement dangereux. Ce type a essayé de te tuer. Il a voulu t'assassiner. Il a rongé son frein pendant des années avant de sortir de sa cachette pour t'attirer dans ses filets, s'écrie-t-il, en colère. Et voilà que tu envisages d'aller chez lui ? C'est complètement fou. C'est insensé et je ne peux pas te laisser faire !

Sa voix se brise. Il pose sa main sur sa bouche et répète en secouant la tête :

— Je suis désolé, mais je ne te laisserai pas faire.

— Je comprends. Mais je serai accompagnée par des policiers. Je serai avec John et Will, et d'autres officiers armés. Tu peux leur faire confiance pour assurer ma protection. Quant à moi, je serai prudente, je ne ferai rien qui mette ma vie en danger.

— Encore plus en danger, tu veux dire.

— Je rentrerai à la maison, c'est promis. J'ai juste besoin de conclure cette histoire. J'ai besoin de le voir menottes aux poignets, ou jamais plus je ne trouverai le sommeil. Essaie de comprendre, je t'en prie.

Elle est au bord des larmes. La fatigue physique et morale commence à effriter les murs qu'elle a érigés avec tant de ferveur. Richard baisse la tête, s'efforce de reprendre contenance avant de croiser de nouveau son regard. Lui aussi chasse ses larmes d'un battement de cils. Ses yeux sont rougis et emplis de terreur. Il lui attrape la main.

— Reviens-moi, la supplie-t-il.

Elle pose son front contre le sien.

— C'est promis.

33

Jeremy fait tourner la bague entre ses doigts. Sur le chemin pour rentrer chez lui, il ralentit sa respiration et tente de retrouver un peu de calme. Cette magnifique ferme décrépite a été une extension de lui-même tout au long de sa vie. Il a grandi ici. C'est ici qu'il a appris l'art de la chasse et qu'il pratique cette discipline désormais.

Il rit sous cape puis glisse la bague dans sa poche pour faire courir sa main sur le chambranle d'une porte richement travaillée qu'il vient d'atteindre. Pendant une seconde, il n'arrive pas à croire que tout est sur le point de changer, que ce qu'il a construit avec tant de soin va bientôt imploser. Il sent quelque chose s'allumer en lui, comme une surtension. D'instinct, il donne un violent coup de poing dans cet encadrement qu'il caressait. Il voit rouge, les jointures de ses doigts saignent. Elles l'élancent quand il les plie et les déplie, étirant la peau sur ses écorchures. Il barbouille de sang la porte blanche, y pose ses empreintes tandis que des gouttes s'écrasent par terre. Il cille des paupières, mais le rouge demeure. Il est partout. Son plus gros échec va le contraindre à quitter son sanctuaire. Jamais il n'a éprouvé une telle rage. *Elle va payer.*

Ivre de colère, il entre à grandes enjambées dans le salon situé à l'avant de la maison. Il s'empare d'un vase en cristal avec la certitude que s'il le serre assez fort il se brisera en mille morceaux. Le sang sur ses mains tache le verre coloré et, avant qu'il ne lui glisse entre les doigts, il le jette contre le mur en poussant un cri guttural. Le vase explose et une pluie d'éclats se disperse dans la pièce.

Jeremy s'immobilise ; il contemple, le souffle court, le verre brisé sous la lumière qui danse et fait scintiller le fruit de sa haine. Il tente de faire redescendre la pression, remet en place une mèche de cheveux blonds tombée sur son front. Dans la cuisine, il examine son poing écorché et entreprend de nettoyer cette trace de son accès de folie solitaire. Alors que le sang écarlate mêlé à l'eau s'éclaircit dans l'évier en inox, il regarde par la fenêtre le bayou qui s'étend à perte de vue. Au bout d'un moment, une minute ou une heure, il ne saurait le dire, il coupe l'eau, se sèche les mains et bande ses jointures blessées.

Il déambule ensuite dans la maison, imprimant dans son esprit l'image de ces pièces chères à son cœur. Il conservera précieusement ces souvenirs pour se rappeler qui il est. Jeremy n'a pas prévu de mourir aujourd'hui. Il retourne dans le salon, où l'accueille la preuve de sa fureur. Ça, il ne le nettoie pas, il choisit d'y voir un message et une menace qu'il laisse aux autres. Il espère qu'ils s'interrogeront sur la présence de ce sang, même brièvement, et que le craquement du verre sous leurs pieds compliquera le bon déroulement de leur intrusion.

Il plonge la main dans sa poche pour caresser une nouvelle fois la bague. Son regard tombe sur la table basse qui semble trôner au centre de la scène. Il pose le bijou dessus, bien en évidence. Impossible de le rater. Il n'y a que ça sur le plateau et il évoque un bateau en pleine mer. Il recule d'un pas pour admirer l'effet, sourit.

Bon retour ici, Emily.

34

Wren est assise au fond de la salle. L'agitation règne au poste de police où les instructions fusent de toute part. Leroux et Will sont arrivés il y a une demi-heure, mandats de perquisition et d'arrêt en main. Ils ont obtenu une identification formelle de la part du client du bar et de la serveuse qui s'est occupée de Tara et de Jeremy.

— Bien, tout le monde sait ce qu'il a à faire et où il doit aller ? braille le lieutenant pour couvrir le tohu-bohu.

Leroux s'installe sur une chaise à côté de Wren, se penche en avant, coudes sur les genoux.

— Tu as pris ton kit ? demande-t-il.

Elle sursaute, comme réveillée d'un long sommeil.

— Oui, il est dans ma voiture. Pourquoi ?

— Parce que je t'emmène. S'il y a des corps à examiner, on fera appel aux techniciens avec les fourgons. Toi, je veux que tu sois avec moi.

Avant qu'elle ne puisse protester, il ajoute :

— J'ai promis à Richard de ne pas te laisser m'embobiner. C'est non négociable.

— Je ne vais pas batailler, répond-elle en levant les mains en guise de reddition.

Leroux se redresse et l'invite à le suivre.

— C'est la bonne attitude. Il faudra la garder quand tout sera fini.

Elle riposte en le poussant de toutes ses forces, il fait mine de vaciller.

— N'y compte pas trop, John.

La banquette arrière n'est pas la place préférée de Wren en voiture. Depuis qu'elle est toute petite, le mal des transports lui soulève le cœur. Aujourd'hui ne déroge pas à la règle.

— Je ne sais pas si j'ai envie de vomir à cause de ta façon de conduire ou parce qu'on va enfin attraper le type qui m'a enlevée et pourchassée dans les bois, dit-elle en baissant sa vitre.

L'air frais apaise un peu son estomac, alors elle poursuit :

— Vous pouvez vous moquer. Allez-y, faites-vous plaisir.

Leroux et Will ricanent doucement.

— Bon sang, je n'aurais jamais imaginé que ce serait ça, mon boulot, déclare Will en s'essuyant les yeux.

— Ah non ? s'étonne Leroux. Tu n'as jamais voulu coincer un redoutable tueur en série ? Est-ce que ce n'est pas le but ?

— Si, bien sûr. Mais je n'aurais pas cru que ce serait aussi tendu et rocambolesque.

— Tu n'as pas tort. Toute cette affaire ressemble à une saison de *True Detective*.

C'est au tour de Wren de glousser.

— Et moi, vous pensez que j'ai fait de la mort mon métier pour vivre tout ça ? Enfin oui, je l'admets, je suis un cliché : je passe ma vie à donner la parole aux victimes de meurtriers violents alors que j'ai échappé de peu au même sort, plaisante Wren. Mais si j'ai choisi la morgue, c'est pour une bonne raison. C'est un espace tranquille que je peux contrôler.

Ils roulent dans un silence confortable le long des routes reculées de Jefferson Parish, la banlieue de La Nouvelle-Orléans. Ils se dirigent vers Montz, à l'adresse des Rose que Leroux a dégotée sans difficulté. La maison se situe sur un vaste terrain à l'écart des sentiers fréquentés par les randonneurs. Alors que les bois s'épaississent et que l'asphalte devient plus cahoteux, Wren devine qu'ils approchent de leur destination. Elle sent une nouvelle vague de nausée lui soulever l'estomac et la refoule en serrant contre elle sa trousse médicale et en caressant du pouce les bagues à ses doigts.

Lorsqu'ils s'engagent derrière deux voitures de patrouille dans la longue allée sinueuse qui mène au 35, Evangeline Road, l'air semble s'alourdir. Soudain, tandis qu'ils observent les environs sauvages, la ferme surgit devant eux. Comme après une injection d'adrénaline, le cœur de Wren s'emballe et cogne avec fureur dans sa poitrine. Elle halète, son visage se contracte. Elle est au bord de la crise de panique, mais elle réussit à la chasser par des exercices de respiration qu'elle a appris en thérapie il y a longtemps. Elle inspire par le nez et expire lentement par la bouche.

La ferme est plutôt bien entretenue pour une propriété nichée au milieu des marais. Elle est vieille, mais les extérieurs autour sont en bon état. Une Nissan Altima apparemment neuve y est garée. Le bayou et les bosquets de cyprès chauves s'étendent à perte de vue derrière la maison. Des pontons et des chemins dallés ponctuent le paysage, mais la majeure partie de la propriété n'est pas aménagée. La nature règne ici. C'est à la fois magnifique et terrifiant ; le terrain de chasse idéal pour un prédateur.

Sur le siège avant, Leroux se retourne pour regarder Wren. Une expression inquiète se dessine sur son visage.

— Nous avons un vaste périmètre de bayou à couvrir. Ça va toujours, Muller ?

Même si c'est loin d'être le cas, elle répond :

— Oui, ça va.

Il lui accorde une seconde pour s'en convaincre elle-même.

— OK. Une équipe va entrer en premier pour inspecter l'intérieur. Si le tueur est là, ils l'appréhenderont. Ils vont vérifier que nous ne nous précipitons pas dans une embuscade, surtout que tu es là, explique Leroux. Nous n'allons pas te quitter des yeux.

— Je comprends et j'ai confiance en vous, lui assure-t-elle, reconnaissante.

Il hoche la tête et se tourne vers Will qui observe les agents en train d'encercler la maison. Ils frappent à la porte et attendent. Le suspense noue l'estomac de Wren. Il ne se passe rien. Après deux autres tentatives, ils défoncent le battant et s'engouffrent à l'intérieur.

Wren ferme les yeux de toutes ses forces. Tout ce qui l'entoure lui paraît soudain étouffé et déformé, comme si elle venait d'enfiler un casque antibruit. Elle s'attend à des coups de feu ou à une explosion, mais ne perçoit que des pas légers et des voix mesurées qui, depuis la maison, confirment que l'endroit est désert.

Un jeune officier en tenue de combat apparaît sur le perron. Il lève le bras et fait signe à Leroux et Will.

— Il n'y a personne. RAS !

En réponse, ils descendent du véhicule.

— Ça sent la mort, annonce Wren dès qu'elle sort dans l'air moite.

Leroux plisse le nez.

— Sans blague. C'est clair que ça pue.

— Non, corrige Wren. Ça sent vraiment la mort. Il y a un cadavre quelque part.

Elle scrute les alentours. Ensemble, ils avancent vers le porche à la peinture écaillée par des décennies de climat difficile en Louisiane. Dans l'entrée, l'odeur s'intensifie. Elle suppose que, pour celui qui baigne dedans depuis si longtemps, elle ne semble plus aussi agressive. Will et Leroux restent à ses côtés quand ils pénètrent dans le salon. Le mobilier daté les ramène au milieu du siècle dernier. Un fauteuil en velours vert est installé devant les fenêtres. De belles lampes diffusent une lumière apaisante. Des tableaux sont accrochés aux murs, des peintures de divers styles et époques. L'atmosphère générale oscille entre le musée et la maison close. Si elle n'était pas aussi terrifiée, Wren pourrait trouver le lieu charmant.

Soudain, elle repère la bague de sa grand-mère au centre du plateau en verre de la table basse. Elle s'approche, s'accroupit pour l'examiner à hauteur d'yeux. Elle ne la porte pas, car elle est trop petite pour elle, mais elle la garde dans une coupelle sur sa table de nuit. Savoir ce bijou à proximité avant de se coucher lui offre du réconfort. Cependant, elle a peu dormi dans son lit ces derniers jours et quand elle s'y est couchée, elle était épuisée par le travail et n'a pas remarqué qu'elle avait disparu.

— John, appelle-t-elle d'une voix tendue, agrippée au rebord de la table.

Il se précipite vers elle, pose une main réconfortante sur son dos.

— Muller, qu'est-ce qu'il y a ? Tu veux partir ? demande-t-il, inquiet, en scrutant son expression avant de se tourner dans la même direction qu'elle. Qu'est-ce que c'est ?

Elle a subitement le fort pressentiment d'être en danger. Elle fouille toute la pièce des yeux, certaine qu'il va surgir d'un recoin. Mais non.

— Cette bague. Elle appartenait à ma grand-mère. Elle était sur ma table de nuit.

Il en reste bouche bée. Puis il fait signe à un agent à qui il confie le soin de la photographier.

— Elle était sur ta table de nuit il y a sept ans ?

Elle secoue lentement la tête et croise enfin son regard.

— Non. Chez moi. En ce moment. Il l'a prise récemment, peut-être cette semaine.

Elle se lève si vite qu'elle manque de perdre l'équilibre.

— Il est venu chez moi, John.

Elle ravale un sanglot, sent tout son corps se contracter à cette idée. Elle a l'impression que le sol s'ouvre sous ses pieds.

— Wren, je ne sais pas quoi te dire.

— C'est bon. On s'en occupera plus tard. Continuons, déclare-t-elle, animée d'une nouvelle détermination.

— Il y a du sang, ici, indique Leroux en montrant le chambranle de la porte.

Des gouttes ont coulé le long du bois et sur le sol en dessous. Wren remarque le verre éparpillé, certains éclats aussi sont tachés de sang.

— Quelqu'un a dû se couper.

— Prélevez des échantillons, ordonne Leroux à un autre agent.

Wren et lui se dirigent vers la pièce voisine. La cuisine est lumineuse et d'une propreté immaculée. Une tasse de café à moitié pleine est posée sur le plan de travail. Un frisson parcourt Wren. Dans la salle à manger, une autre atmosphère datant des années 1940 les attend. De l'étage, un policier les informe avoir trouvé un carton contenant des affaires pouvant appartenir aux victimes.

— Vous voulez bien monter ? demande Leroux au photographe qui s'engage aussitôt dans le vieil escalier aux marches grinçantes.

— Je suis prête à parier qu'il y a un cadavre dehors, mais à en juger par l'odeur puissante ici, il doit aussi y en avoir un dans la maison.

— Ils ont fait une découverte au sous-sol, intervient Will. Ils ont repéré un congélateur ouvert.

— Un congélateur ? répète Leroux en haussant les sourcils.

— On va voir ?

Will s'écarte pour les laisser passer et Wren suit Leroux dans l'escalier qui descend à la cave. L'odeur les saisit à la gorge. Elle est différente et plus prononcée, presque palpable tant elle est épaisse. En bas, Wren n'éprouve aucune impression de familiarité. Elle n'est jamais venue ici, même si tout est exactement tel qu'elle l'imaginait. Propre et ordonné.

Dans le fond, près du mur, des chaises sont alignées. Robustes, avec de solides accoudoirs. Un peu comme les sièges qu'on voit dans les tribunaux. Wren s'en approche et constate qu'ils sont fixés avec des boulons dans le béton. Les accoudoirs sont entourés de bandes en cuir, de chaînes couvertes de rouille et de sang séché. Les assises et le sol sont aussi tachés de sang.

— Je suppose que ce n'était pas un groupe de catéchisme qui se réunissait ici, tente de plaisanter Leroux en la rejoignant.

D'une main gantée, il essaie de faire bouger le pied d'un des sièges. En vain.

— Il faut que quelqu'un vienne prélever des échantillons.

Leroux se couvre le nez et la bouche avec un pan de sa chemise pour se protéger de la puanteur âcre de la chair en décomposition. Wren se dirige vers le congélateur, dont le couvercle est levé. Il a été débranché, la prise repose mollement par terre. L'odeur devient plus entêtante. Les différentes couches explosent comme des grenades à chaque pas qui la rapproche de la source. Elle se penche au-dessus du congélateur, se force à regarder. Elle n'a pas peur des morts. Mais elle redoute ce qu'ils ont à dire.

— Muller, qu'est-ce qu'on a ? interroge Leroux, toujours près des chaises.

Elle la voit maintenant. Elle est jeune, ses cheveux blonds sont assombris par tous les fluides corporels qui se sont déversés dans cette sépulture non consacrée. Ses yeux rouges et sans vie étaient autrefois bleus ou verts. Ils sont désormais vitreux et injectés de sang. Ses joues sont gonflées et le sang a coulé de ses yeux, de son nez et de sa bouche suite à des blessures traumatiques.

— Que t'a-t-il fait ? demande-t-elle à voix haute.

Elle tend la main pour la toucher, mais malgré son gant, elle s'arrête.

— Eh bien, au moins, on sait à présent d'où vient l'odeur.

Leroux la rejoint. Il fait signe à un agent de s'occuper de la suite.

— Remontons prendre l'air.

Wren pivote pour lui faire face, sortant de sa transe.

— Quoi ? Non ! C'est exactement pour ça que je suis venue. Je suis médecin légiste. J'ai des cadavres à examiner.

— Bien sûr, Muller. Mais ça fait beaucoup. Tu as le droit de respirer un peu. Personne ne t'en voudra, assure Leroux en lui donnant un petit coup d'épaule amical.

— Je vais bien. C'est mon travail. J'ai juste besoin de récupérer ma trousse en haut, répond-elle d'un ton ferme.

Elle se dirige vers l'escalier en jetant un dernier coup d'œil vers les chaises. Son cœur tambourine dans sa poitrine et l'odeur de chair en putréfaction mélangée aux eaux de toilette masculines commence à lui soulever l'estomac. Elle a la tête qui tourne, mais elle se ressaisit. Leroux et Will la suivent de près et elle capte des bribes de leur conversation étouffée tandis qu'ils regagnent la cuisine.

— Je continue à explorer les lieux. Toi, tu ne la quittes pas d'une semelle en bas, murmure Leroux.

— Entendu, acquiesce Will d'un ton bourru.

Elle attrape sa trousse posée sur la table et se concentre. Alors qu'elle s'apprête à redescendre, un agent surgit du couloir.

— Vous entendez la musique ?

Wren tend l'oreille pour percevoir un son derrière l'agitation qui règne dans la maison. Will et Leroux font de même. En effet, elle entend des basses au loin, provenant de l'extérieur.

— Allons voir ! lance Leroux en les invitant à le suivre d'un geste de la main. Des agents inspectent les alentours.

Dehors, la musique est encore plus perceptible. La forêt devant eux est paisible, mais pas silencieuse. Bien qu'étouffé, le morceau *Black Magic* de Badwoods est facilement identifiable au milieu de l'orchestre du bayou. La mélodie est d'un tempo insupportable et la discordance est obsédante. Wren s'efforce au mieux de refouler l'angoisse qui menace de la consumer.

— C'est du Cal tout craché, déclare-t-elle en se remémorant son impression de suffocation sous le volume de la musique au pire moment de sa vie d'Emily.

— Il a fait du théâtre quand il était gamin, ou quoi ? s'exclame Leroux.

Wren lui est reconnaissante de ces secondes de légèreté.

— Non, mais il compense maintenant, j'imagine, rétorque-t-elle.

Ils passent par le porche arrière un peu branlant pour s'engager sur un chemin aménagé qui mène dans la forêt dense. Des cyprès chauves se serrent les uns contre les autres de toute part et le soleil peine à pénétrer l'épaisse couverture qu'ils forment. C'est là qu'il joue avec ses victimes. Là qu'elles s'écorchent les jambes et les bras quand elles tentent de lui échapper. L'atmosphère de ces bois est sombre et inquiétante, marquée par l'empreinte du diable qui les hante depuis longtemps.

Ils s'y enfoncent ensemble, devancés par un agent et suivis par un autre. Leroux et Will ont tous les deux dégainé leur arme, par précaution. Plus ils progressent, plus la musique est forte, rivalisant avec le chant des grillons dissimulés dans les buissons. L'odeur de putréfaction devient oppressante et insupportable à mesure qu'ils investissent ce terrain de chasse. Au bord de l'eau, Wren en découvre la source.

— Voilà d'où vient l'odeur, annonce-t-elle en indiquant un corps recroquevillé près du marécage.

Ils s'approchent du cadavre dont la décomposition est accélérée par la météo et les insectes. Wren parvient tout de même à identifier un individu de sexe masculin. Il a une plaie apparente à la tempe, sans doute un impact de balle. Elle prend une photo avec son portable puis attrape une pince à épiler dans sa mallette. Elle retire le projectile du corps et le lève à hauteur d'yeux.

— C'est une bonne chose que tu sois là, Muller. Tu avais raison, reconnaît Leroux en se couvrant le nez et la bouche pour se protéger de la puanteur.

Elle lui sourit et glisse la balle dans un sac de scellés qu'elle range dans sa trousse. Au moment même où elle referme sa sacoche, Leroux se cambre d'un coup en poussant un hurlement d'animal blessé. Il tombe en avant puis roule sur le côté en se tenant la jambe gauche. Une flèche est plantée dans son mollet. Une longue flèche en métal, utilisée pour la chasse. La perforation est impressionnante. Wren se précipite pour lui porter secours.

— Un officier à terre ! gueule Will.

Aussitôt, une autre flèche est décochée dans leur direction et atteint un agent dans le dos. Celui-ci s'écroule à son tour. Wren ne peut retenir un cri. Leroux gémit de douleur, il se tient la jambe et fouille avec frénésie les arbres du regard. Will s'est rapproché d'eux. Il est impossible de déterminer d'où sont tirées les flèches. Ils sont complètement à découvert, des cibles faciles.

— Emily…

La voix est calme, familière. Wren lève les yeux de la blessure de Leroux puis elle le voit. Il émerge de derrière un arbre centenaire, une arbalète à la main. Il la pointe sur elle. Ses cheveux blonds cascadent sur son front comme dans son souvenir. Il porte un tee-shirt noir, un jean foncé et des rangers. Il affiche un air détendu et satisfait. Il prend un instant pour la jauger et elle se retrouve immédiatement transportée à cette nuit, sept ans auparavant. Elle éprouve la même urgence et la même rage. Son regard est toujours éteint et, avec les années, il s'est encore assombri.

Pendant une seconde, elle se contente de fixer Cal, Jeremy, ou qui qu'il soit aujourd'hui. Elle sait qu'il n'a aucune limite. Elle récupère discrètement l'arme de Leroux et se lève. La braque sur lui. Il garde son arbalète pointée sur elle et son sourire en coin vient s'épanouir sur ses lèvres. Il laisse retomber l'arbalète le long de son flanc.

— Tire-lui dessus ! beugle Leroux, à terre.

Elle hésite, momentanément paralysée, incapable de bouger, de presser son index sur la détente.

Soudain, une détonation.

Jeremy recule en chancelant, il lâche l'arbalète et se tient la poitrine avant de s'écrouler dans les buissons, englouti par la végétation dense. Le soleil peine à percer la canopée. L'obscurité est partout, même en plein jour.

Wren, encore tétanisée par la peur, braque toujours le pistolet sur le vide où il se tenait quelques secondes plus tôt. À sa droite, Will est là, protecteur. Il baisse l'arme qu'il vient d'utiliser. Elle laisse échapper un soupir de soulagement pendant que des officiers se précipitent avec Will vers les buissons où a disparu Jeremy.

— Muller, reste avec Leroux ! crie-t-il par-dessus son épaule.

Elle ne peut qu'acquiescer en silence. Elle a de nouveau l'impression d'avoir la tête sous l'eau, elle entend les branches qui craquent et les ordres incompréhensibles. Elle se force à rester vigilante.

Un son fend l'air. Son cœur s'emballe et une sueur froide court le long de son échine. Un coup de feu provoque l'envol d'une nuée d'oiseaux qui s'égaillent dans le ciel. La peur au ventre, elle écarquille les yeux pour tenter de voir quelque chose. Chaque grillon, chaque oiseau, chaque grenouille et chaque feuille œuvre pour la ramener dans le présent. Elle écoute au-delà de la musique qui rugit toujours.

— Docteur Muller ?

Un jeune agent, sorti de derrière les arbres, la fait sursauter. Elle serre plus fort le pistolet entre ses doigts. Lisant la terreur sur son visage, il lève les mains pour ne pas l'effrayer.

— Pardon de vous avoir fait peur. Broussard est auprès du suspect. Nous avons besoin que vous constatiez sa mort.

Wren abaisse l'arme, aspire une bouffée d'air chaud et hoche la tête.

— Ça va aller pour toi, ici ? demande-t-elle à Leroux en le consultant du regard.

— Est-ce que j'ai le choix ? répond-il sur le ton de la plaisanterie en grimaçant sous l'effort. Attention à toi, Muller.

— Je vais bien. Appelez l'équipe médicale pour qu'ils s'occupent de lui, s'il vous plaît, lance-t-elle au policier qui prend aussitôt sa radio pour solliciter des secours.

Wren se dirige vers les buissons en essuyant la sueur qui perle à son front. Elle entend les officiers qui discutent tandis qu'elle se fraie un chemin à travers les branches et les racines. Des chutes de mousse espagnole lui chatouillent le visage. Elle voit des branches cassées et de profondes empreintes de pas dans la terre. Tout est en mouvement et tout respire. L'environnement est vivant.

— Muller, l'accueille Will. Il s'en est collé une dans la bouche.

Il s'est exprimé sans émotion ; elle s'efforce de digérer l'information.

— Je vais confirmer le décès, annonce-t-elle. Mais d'abord : merci.

Il lui serre la main avec bienveillance quand elle passe à côté de lui.

— Je t'en prie.

Wren avance à grandes enjambées vers le corps de Cal. Il est étendu sur le dos, dans la boue, le visage et la poitrine barbouillés de sang. Ses yeux, ouverts, regardent droit devant eux sans plus rien voir. Lui qui était toujours si soigné ressemble enfin au monstre qu'il était à l'intérieur.

Elle enfile un gant et se penche pour vérifier le pouls. Rien.

— Il est mort, déclare-t-elle avec froideur.

Elle sort son téléphone et appelle le bureau médicolégal pour solliciter des renforts. Au moment où elle se détourne, quelque chose attire son attention. Quelque chose dans le visage sans vie levé vers le ciel la perturbe. De sa main gantée, elle le fait pivoter vers elle. Lorsque ses yeux rencontrent ceux de cet homme, elle sent son cœur s'arrêter. Elle soulève aussitôt le tee-shirt plein de sang pour examiner la blessure infligée par Will, mais ne voit qu'un torse indemne.

— Ce n'est pas lui, dit-elle sans oser y croire.

Elle se laisse tomber par terre et rampe à reculons pour s'éloigner le plus possible de l'inconnu. Pour la première fois, un mort l'effraie.

— Bien sûr que si, c'est lui ! s'écrie Will en se précipitant vers elle. Muller, qu'est-ce que tu racontes ?

Elle secoue la tête, submergée par la panique.

— Non, non ! Ce n'est pas lui, Will !

— Tu l'as reconnu tout à l'heure. Je t'ai vue. Vous vous êtes tous les deux reconnus.

— C'est vrai. C'était lui, avec l'arbalète. Mais pas là, pas maintenant, tente-t-elle d'expliquer. Il n'y a pas de plaie par balle alors que tu lui as tiré dessus.

Il ouvre la bouche pour répliquer, mais aucun son n'en sort. Il fixe le corps étendu par terre en essayant de comprendre.

— C'est impossible. Je l'ai touché à la poitrine…

— Et puis, s'il s'est tiré une balle dans la bouche, où est son arme ? Non, cet homme-ci a été tué par Jeremy plus tôt pour nous faire croire que c'était lui.

Le regard de Will court de Wren au cadavre. Puis, s'adressant à un agent à proximité, il ordonne :

— Fouillez les bois. Retrouvez-le ! Tout de suite !

Obéissant, les policiers se dispersent immédiatement. Will convoque un autre agent.

— Raccompagnez le Dr Muller auprès de Leroux et assurez-vous qu'ils repartent tous les deux en toute sécurité avec l'équipe médicale.

Wren s'apprête à protester, mais Will la devance.

— Ton travail ici est terminé. Tu pars à l'hôpital avec Leroux.

Elle se relève et le remercie d'une pression sur le bras avant de suivre son garde du corps à travers la végétation. Sur le sentier qui mène à la clairière où est garée l'ambulance, elle interpelle les urgentistes.

— Attendez-moi, je viens !

En la voyant, Leroux, soulagé, s'assied sur le brancard.

— C'est fini ? demande-t-il.

Elle grimpe à côté de lui à l'arrière du véhicule de secours. La porte se referme dans un claquement et le moteur démarre.

— Non, répond-elle tout bas.

Leroux cherche son regard pour y lire une explication.

— Il s'est échappé, John.

35

Jeremy émerge du marais à l'extérieur de sa propriété et s'arrête pour reprendre son souffle. Le gilet pare-balles qu'il porte sous son tee-shirt frotte contre sa peau en sueur. Il ne veut plus jamais en mettre un ! C'est contraignant et étouffant, mais il est content qu'il lui ait servi quand il en a eu besoin. Inspirant l'air humide, il touche du bout du doigt l'ecchymose qui commence à apparaître sur sa peau. *Mieux vaut ça qu'une plaie ouverte.*

Il progresse à travers le marécage qui s'étend devant lui. L'eau tiède imbibe les jambes de son pantalon, y laisse un dépôt gluant. Il sent la vase emprisonner ses bottes, les retenir. Il chasse d'un mouvement de main une nuée de moustiques qui se dispersent momentanément avant de revenir à la charge avec plus de vigueur, décidés à lui infliger de nombreuses démangeaisons pour son insolence.

Wren ne mettra pas longtemps à comprendre que le cadavre n'est pas le sien. Elle est toujours aussi maline que dans son souvenir et elle est en plus motivée par une profonde colère. Ses yeux irradiaient quand ils se sont regardés. À l'instar des moustiques qui l'attaquent sans pitié à cet instant, Wren est assoiffée de sang, de son sang. Elle l'était avant leurs retrouvailles, désormais elle va être insatiable. Mais c'est lui qui a remporté cette victoire. Il a gagné une bataille, bientôt il gagnera la guerre.

Il a vu son doigt hésiter sur la détente. Elle n'a pas pu lui tirer dessus. Il se demande si ce serait différent maintenant. Malheureusement pour Wren, l'occasion ne se représentera pas. Il sera très bientôt à des centaines de kilomètres d'ici. Son sac à dos sur l'épaule, il traverse les bois où les branches des arbres le griffent. Il n'y a pas de sentier par là, mais il connaît quand même le chemin. Son père l'a emmené une fois dans cette zone pour s'essayer à la chasse à l'alligator. Évidemment, ils n'en ont jamais attrapé.

Il a parfaitement conscience des monstres qui partagent l'endroit avec lui. Dans l'obscurité, leurs yeux brillent aussi fort que dans ses cauchemars d'enfant. Ils se déplacent avec agilité dans la boue avec leur queue capable d'immobiliser un homme plus vite que n'importe quelle arme. Ce sont eux, les véritables bouchers du bayou. Et ce soir, il va les rejoindre.

Le soleil se couche sur l'horizon. La symphonie de la nuit commence à s'élever tandis qu'il remonte vers la route.

PROCHAINEMENT CHEZ FLEUVE NOIR,
RETROUVEZ WREN ET JEREMY.

LA TRAQUE CONTINUE…

Peu de gens savent reconnaître une véritable expression de surprise. Plus dense que la stupéfaction et plus fuyante que le choc, la surprise se rapproche davantage de l'effarement pur que du simple étonnement. À cet instant, Philip Trudeau, planté sur le seuil de chez lui, en est le parfait exemple.

— Je me doute que tu rêves de me claquer la porte au nez, lance Jeremy sur le ton de la plaisanterie.

Il relâche lentement son souffle pour réprimer le sourire qui le titille et risque de révéler le plaisir que lui procure le pouvoir qu'il sent bouillonner en lui. Philip secoue la tête, appuie son bras contre l'encadrement. De l'autre main, il se frotte les joues, les sourcils froncés.

— Jeremy. Qu'est-ce que tu fous ici ? demande-t-il au bout d'un moment, la voix sur le point de se briser.

— J'ai besoin d'aide, mec. J'ai besoin d'un ami.

Jeremy passe d'un pied sur l'autre, force sa bouche à esquisser une petite moue tandis qu'il fixe Philip dans les yeux.

— Bon sang, Jeremy ! Qu'est-ce que je suis censé foutre ? Je n'arrive pas à croire que tu sois chez moi… Comment tu sais que j'habite ici, d'ailleurs ?

— Peu importe, Phil. J'ai juste…

— Non ! l'interrompt-il brusquement.

Sa mâchoire est serrée et son regard à la fois furieux et terrifié. Il s'apprête à refermer le battant, mais Jeremy, plus rapide, l'en empêche.

— Tire-toi de là ! lui lance Philip. Je te laisse même un peu d'avance avant d'appeler les flics.

— Pense bien à tout leur raconter depuis le début. En commençant par 2002, peut-être, siffle Jeremy entre ses dents.

Il se penche vers lui pour donner plus de force à sa menace. Le sang déserte le visage de Philip qui garde le silence, encaissant ces paroles comme des coups. Jeremy reprend d'un ton provocateur :

— Quand tu préviendras la police, veille bien à leur parler des deux meurtriers qui se trouveront sur place.

— Va te faire voir ! crache Philip.

Mais sa voix est vacillante. Il ne ferait pas un bon joueur de poker. Il croise le regard de Jeremy et ajoute :

— Tu ne peux pas me mettre ça sur le dos.

Jeremy secoue la tête et recule un peu.

— Si tu veux courir le risque, Phil… tente ta chance et appelle donc ton petit flic de banlieue.

— Qu'est-ce que tu veux ?

— J'ai juste besoin d'un endroit où crécher, répond Jeremy d'un ton adouci. Allez, on était potes, avant.

— OK, entre, souffle Philip en s'écartant pour le laisser passer.

Jeremy acquiesce et s'avance d'un pas méfiant. Il sent le poids rassurant de son couteau de chasse attaché à sa cheville. Philip n'est pas violent de nature, mais il s'éviterait un paquet de problèmes en se débarrassant de lui, et l'un comme l'autre le savent pertinemment. Il va donc devoir rester sur ses gardes, au cas où son vieil ami serait enfin prêt à faire table rase du passé, et à noircir sa conscience par la même occasion.

Philip habite une petite maison typique de la Nouvelle-Angleterre et Jeremy est aussitôt submergé par une vague de nostalgie en se remémorant ses étés au cœur des montagnes du Berkshire. Philip emmenait Jeremy avec lui quand il rendait visite à la famille de sa mère, installée dans le Nord. C'étaient des gens bruyants, qui aimaient les activités de plein air ; loin de ce que Jeremy connaissait. Chez lui, il ne voyait la nature qu'à travers le prisme de son père : comme un terrain de chasse. Un endroit pour tuer, où ils ajustaient leurs tirs et posaient des pièges dans le silence le plus total, débitant leur gibier avec méthode et précision. La famille de Philip, quant à elle, faisait de longues randonnées pour admirer les paysages, elle nageait dans le lac ou paressait sur ses rives. Et chaque soir ou presque, ils se réunissaient tous ensemble autour d'un feu de camp.

Ces étés lui permettaient de s'évader. Il découvrait ce qu'était un environnement rassurant, où les habitants ne verrouillaient pas leur porte et saluaient leurs voisins d'un geste de la main. Grâce à ça, les monts Berkshire étaient la toile de fond idéale pour accomplir des bêtises d'adolescents. Philip et lui se faufilaient dans des granges abandonnées au creux de la nuit, juste parce qu'ils le pouvaient. Ils s'ouvraient des bières de contrebande et essayaient de communiquer avec les morts à l'aide d'une vieille planche de ouija. Deux ados enivrés dans une bâtisse en ruine après minuit, dépourvus de la moindre peur. Philip s'inquiétait sans doute du sort réservé à son âme durant ces nuits, car il avait grandi dans une famille louisianaise religieuse.

Mais Jeremy ne s'en est jamais soucié. Il a toujours eu le sentiment de ne pas avoir d'âme.

Jeremy observe la pièce. Les murs recouverts de lambris, les poutres apparentes au plafond et le parquet massif se mélangent pour former un décor chaleureux de bruns que viennent seulement briser les tapis anciens. Philip chasse lui aussi, apparemment, même s'il pratique ce sport de manière plus conventionnelle. Ses trophées témoignent de son talent : bois de cerf, fourrures, animaux empaillés. Jeremy caresse de sa main gantée le cuir usé du dossier du canapé qui fait face à l'immense cheminée centrale en pierre. Philip, lui, n'a pas bougé. Il se tient près de la porte, bras croisés, la colère luisant dans ses yeux.

— Je refuse de prendre part à ce que tu as fait ou prévois de faire, quoi que cela soit.

Jeremy étouffe un gloussement.

— Tu en fais partie depuis le début, Phil.

— Philip.

Un sourire s'épanouit sur le visage de Jeremy.

— Philip.

Celui-ci traverse soudain le salon. Jeremy serre les poings, se prépare à l'attaque, qui ne vient pas. Philip s'immobilise.

— Ne fais pas comme si nous étions pareils, toi et moi. Je ne suis pas du tout comme toi. Tu es un meurtrier. Pas moi, siffle-t-il entre ses dents.

Ils sont si près l'un de l'autre maintenant que leurs souffles se mélangent. Ils sont presque de la même taille, mais la ressemblance s'arrête là. Philip a le teint tanné par des années passées au soleil, des cheveux et des yeux d'un brun profond. Sa carrure s'est dessinée avec le temps et Jeremy remarque ses biceps et son torse discrètement musclés.

Chacun l'opposé de l'autre à tout point de vue. C'était ce qui les avait rapprochés.

— Tu en es bien sûr ? Parce que, sur le plan juridique, on est identiques. Je pense que tu le sais…

— Je voulais faire ce qui était juste, éructe Philip.

Il ne croit pas lui-même à son cri du cœur. C'est palpable. Jeremy savoure la lueur de culpabilité qui s'intensifie dans le regard de Philip.

— Tu as mis fin à nos vies à tous les deux, ce soir-là, poursuit celui-ci.

— La mienne a *commencé* cette nuit-là, réplique Jeremy avec dédain.

— Tu te fous de moi ? Je parlais de ma vie et de la sienne à elle. Toi, tu ne comptes pas pour moi, lance Philip.

Il s'apprête à ajouter quelque chose, mais aucun son ne sort de sa bouche. À la place, il se mord la lèvre, un tic nerveux qu'il avait déjà enfant. Son visage se tord de douleur au souvenir de cet événement. Jeremy aussi se rappelle cette nuit de juillet. Celle où tout a changé.

REMERCIEMENTS

À mon John : merci pour ton soutien indéfectible et tes encouragements constants, même lorsque j'étais persuadée que cette histoire de roman n'allait rien donner. Merci de t'être occupé des bébés pendant que je m'asseyais dehors pour tapoter sur mon clavier en buvant des litres de café chaque fois que l'inspiration venait. Merci de m'avoir insufflé la confiance nécessaire pour commencer la première phrase de ce livre. Je t'aime et je t'adore à l'infini. Tu es un don du ciel. Je promets de ne jamais te pourchasser dans le bayou en Louisiane.

À Karen : merci d'être cette belle-mère idéale, celle dont personne ne pense qu'elle existe. Tu es dévouée et toujours disposée à me laisser écrire pendant que tu t'amuses avec les enfants. Tu es plus chère à mon cœur que tu ne l'imagines et je n'aurais pas pu terminer ce livre sans toi.

Maman et Papa, je vous ai déjà dédié ce roman, mais puisque vous m'avez donné la vie, ça mérite d'être répété. Merci de m'avoir fourni les outils, la confiance et l'amour nécessaires pour écrire ce cauchemar. Enfant, vous m'avez réconfortée pendant mes terreurs nocturnes et aujourd'hui, c'est moi qui vous terrifie. Je jure que c'est un compliment et une preuve d'amour. Croyez-moi. Je vous aime, tous les deux.

Ash. Tu es ma meilleure amie, ma sœur, ma nièce et mon associée. Tu es magnifique, quelle que soit la casquette que je te fais porter, et tu as joué un rôle essentiel dans l'aboutissement de ce roman. Merci de me l'avoir lu pour que je puisse l'entendre d'une voix différente et merci de m'avoir laissée te terroriser chaque jour.

À mes frère et sœur. Amy, tu es ma grande sœur et une de mes meilleures amies. Tu étais la seule autorisée à me laver les cheveux quand j'étais petite et même si ce n'est plus le cas aujourd'hui (je me lave les cheveux toute seule), j'apprécie encore de regarder les oisillons grâce à toi. Merci de m'avoir nourrie d'un amour aussi bon que les frites en forme de smiley accompagnées de sauce ranch.

JP, mon grand frère et aussi mon jumeau dans une autre dimension. Nous nous ressemblons, nous pensons pareil, et nous jouerions probablement tous les deux avec la boîte à puzzle pour lâcher une armée de cénobites sur la Terre que nous nous congratulerions quand même. Merci de m'avoir encouragée et d'avoir créé avec moi.

Merci, docteur Stone ; vous m'avez donné l'occasion de découvrir un monde que j'ai toujours voulu intégrer et je vous suis à jamais reconnaissante de ce que vous m'avez enseigné. Ce livre est né dans une salle d'autopsie et c'est grâce à vous que j'ai pu en accoucher.

À ma bande : Seth, Andy, Marissa, les mots me manquent pour vous dire à quel point vous êtes géniaux ! Ce qui n'est pas rien, car, selon les paroles immortelles de Josie « Grossy » Geller : « Ma vie, c'est les mots ! » Merci d'être des amis sur qui je peux compter et qui me font sentir que c'est possible.

À mon agente littéraire, Sabrina. Nous ne faisons qu'une, maintenant. Tu es coincée avec moi pour la vie. Merci d'avoir supporté ma folie, mes névroses et mon besoin constant de tout contrôler et d'être informée de chaque détail pendant la création de cette histoire. Tu as fait de moi une meilleure auteure, et je suis heureuse d'avoir gagné une amie au passage.

À mon incroyable éditrice, Sareena. J'ai le sentiment que l'univers a œuvré pour nous réunir. À la seconde où nous nous sommes rencontrées, tu as écouté mon histoire et tu m'as aidée à en faire ce qu'elle devait devenir. Tu as rendu ce livre possible, et tu l'as rendu le meilleur possible. Même Jeremy serait impressionné par toi, ce qui est aussi fascinant que terrifiant. Je suis tellement contente que tu aies donné une chance au petit monde étrange que j'ai créé.

À Zando, merci de voir ce livre comme je le vois. Merci d'avoir réalisé mon rêve de devenir écrivain.

Merci à Stephen King, Patricia Cornwell, R. L. Stine, Christopher Pike, Edward Gorey, Alvin Schwartz et Stephen Gammell. Vous m'avez aidée à accepter mes parts d'ombre, de sinistre, d'effrayant et de bizarrerie, celles que j'essayais de combattre depuis si longtemps. Merci d'inspirer les gens un peu tordus partout dans le monde et de leur donner envie de créer avec leur originalité.

À La Nouvelle-Orléans. J'espère que l'esprit de votre ville ressort dans ce roman. Merci de m'avoir offert un endroit aussi exaltant où habiter dans ma tête.

Composé par Facompo, Rouen

Pour plus d'information :

#lisez! engagé

www.lisez.com

Imprimé sur du papier issu de forêts gérées durablement.

CET OUVRAGE
A ÉTÉ ACHEVÉ D'IMPRIMER
SUR ROTO-PAGE
PAR L'IMPRIMERIE FLOCH
À MAYENNE EN DÉCEMBRE 2023

N° d'impression : 103785
Imprimé en France